AF143719

Les vies secondaires

Les vies secondaires

Nouvelles

Dominique Lebel

Édition : BoD – Books on Demand,

12/14 rond-point des Champs-Élysées, 75008 Paris

Impression : BoD - Books on Demand, Norderstedt, Allemagne

Dépôt légal : Juillet 2021

ISBN :9782322270385

« Et qu'est-ce qui vous est arrivé ?

— Je me suis plantée devant les tableaux et suis restée là, sans bouger. Ou à peine, un déplacement des mains, un pas de côté, un coup d'œil vers la fenêtre. Rien d'important.

— Et alors ?

— Alors à un moment, j'ai senti leur présence. Comprenez bien, je ne les ai pas vus distinctement ni entendus comme je peux vous entendre, vous. Non, c'était différent. Mais ils se trouvaient là, j'en étais sûre. Sous les glacis, sous les pigments. Très en-dessous, avec leur petite vie. Bien tenus à l'intérieur.

— Et les peintres les connaissaient ?

— Non, bien sûr que non. Enfin, je ne crois pas, il me semble que c'est là une chose impossible. Les peintres étaient bien assez occupés avec leur existence, si compliquée. La nécessité dans laquelle ils se trouvaient de vendre leurs toiles, de se faire aimer aussi, de se faire aimer avec leur sale caractère. Alors dans ces conditions, des ombres qui passaient…et puis cette insignifiance affichée.

— C'est pourquoi vous avez voulu raconter leur histoire. Rappeler leur nom, leur accorder la lumière.

— Il fallait bien que quelqu'un s'y colle. Imaginez une seconde qu'on décide de nettoyer les tableaux, c'est une chose qu'on décide parfois dans les réunions officielles, vous savez. On hésite longtemps et puis un beau jour, on s'en va chercher les solvants. On choisit ceux qui conviennent, il ne s'agit pas

1

de dénaturer les chefs d'œuvre. Mais qui alors s'occupe d'eux, si profondément cachés ? Qui devine à temps leur existence et crie au massacre ?

Un jour on nettoiera les surfaces encrassées et alors, ils disparaîtront tout à fait.

Resteront alors ces pages, qui leur sont consacrées. »

Sfumato

Emi, un mètre soixante, pour commencer. Elle se tient debout devant l'entrée du Carrousel, adossée à l'un des murs. Elle fume sa dernière cigarette, puis jettera le paquet dans une poubelle. Ou bien l'offrira à quelqu'un, un Parisien qui passe, un touriste avec un sac à dos, dira à l'un ou l'autre, de sa voix à peine voilée, ce paquet est pour vous mais prenez-en soin surtout, prenez soin de ces cigarettes que je n'ai pas fumées et n'allez pas les jeter à votre tour. Ne faites pas une chose pareille, je les ai tant aimées, si vous saviez. Pour l'instant elle s'applique comme elle le fait en toute chose, inspire à mort et souffle lentement et le plus fort possible, les lèvres à peine entrouvertes, les yeux presque fermés. Deux petites fentes, deux ailes d'hirondelle sur un visage très pâle, un dessin à l'encre projeté sur un mur de pierre.

C'est le moment de sa pause et Emi en a profité pour sortir. À la Yogurt factory ils sont trois vendeurs en ce moment, tous Japonais à cause de la clientèle. Trois vendeurs c'est peu aux heures d'affluence et Emi se plaint, elle est fatiguée. Et vaguement écœurée aussi par ces Bubble Waffles que les clients regardent avec des yeux écarquillés, tout brillants d'envie quand ils rentrent. Ils poussent la porte et plus rien ne compte alors pour eux que ces gaufres géantes en forme de cornets de frites, avec leurs boursouflures de pâte. Ils en oublient le Musée, le circuit en autobus à étage à travers Paris, les boutiques des Champs- l'Arc de triomphe -la Grande Roue-la Seine-la tour Eiffel, leur vie. Emi leur tend l'assemblage de petits macarons amalgamés, et qu'est-ce que je vous mets à l'intérieur ?

De la glace à la vanille

Ces bonbons-là, un peu. Pas trop, que ça ne déborde pas, qu'on n'en mette pas partout.

Des fruits secs.

Du coulis par-dessus, s'il vous plaît. Ou du chocolat.

Mais vous pouvez vous servir vous-même.

Emi a été engagée à la Yogurt factory il y a six mois, elle parlait encore mal le Français mais il y a tant d'étrangers dans cette galerie, de toute façon. Au début ils étaient deux à aller fumer dehors, le manager et elle, à présent elle est seule et là, dans cette solitude urbaine dont on pourrait faire un roman, elle pense à des choses. À Naha et à la maison de bois où vivent encore les siens, au manager qui a changé d'étage, qui fait semblant de ne pas la voir quand ils se croisent. À sa présence ici, dont elle ne saurait pas trop quoi dire si on l'interrogeait, car elle fait partie de ces individus qui se laissent porter, comme le bois flotté dans la mer.

—Le Carrousel j'y suis beaucoup, si je compte. Et quand j'arrive le matin, il y a les lumières, le sol qui brille.

Dans la galerie, l'éclairage est ce qu'Emi préfère et si elle lève la tête vers les lustres en forme de lampions, alors elle la voit, Elle. Elle voit son visage, reproduit en sérigraphie et répété en enfilade. Les autres l'appellent la Joconde, ni sa mère ni son père ne la connaissent, ils vivent si loin et sur le Port de Naha on s'occupe surtout d'installer les nasses, de vendre la pêche et de découper les poissons. Ou bien l'on part avant le lever du soleil vers la Haute mer, on lève les filets et l'on attrape les thons. Emi connaît le nom du peintre italien et elle pense que ses parents et ses grands-parents ont dû l'entendre un jour, qu'ils l'ont oublié à cause des poissons et du restaurant. Elle sait que tout le monde s'interroge sur le sourire de cette femme, que la question se trouve en suspension quelque part dans les airs, un peu partout au-dessus de la planète. Elle n'a pas la réponse car c'est un problème insoluble, mais elle connaît une autre femme qui sourit, dans un tableau japonais. C'est une femme avec un éventail, qu'elle trouve jolie et très japonaise.

—La Joconde, je la vois tous les matins quand j'arrive, dit-elle, je vois sa tête sur les lampions.

Et elle en est plutôt fière, se vante d'une forme d'intimité avec le chef-d'œuvre.

Devant le Carrousel encore peu fréquenté -ils arriveront tous vers midi- Emi, le dos appuyé contre le mur, s'entoure d'un halo de fumée. Les volutes d'abord à peu près dessinés -spirales et tourbillons- se transforment bientôt en un écran diffus, on sait qu'on pourrait passer la main au travers ou même passer de l'autre côté, sortir de cette histoire dans laquelle elle occupe déjà une place de choix, tout compte fait. En attendant, elle souffle la fumée de ce qu'elle pense être sa dernière Marlboro filtre -elle se trompe- et brouille la vision autour d'elle, se floute au regard des autres, petite silhouette fragile. Elle efface la possibilité de dessiner les contours de son visage, de son corps de ses mains et si le manager qui arrive l'aperçoit de loin, alors il pourra organiser sa fuite -presser le pas, baisser la tête, entrer sans la regarder. Prétendre qu'il ne l'a pas vue, ou pas reconnue. Affirmer qu'elle n'est pas non plus le centre du monde, ni la seule fille mignonne à Paris.

Dans un mois, pas très loin d'Emi et du Carrousel, on déplacera la Joconde et ce sera toute une histoire, on en parlera dans les journaux, on dira que c'est à cause des travaux dans la Salle des Etats, qui vieillit mal. La file d'attente pour voir enfin Mona Lisa ira alors du contrôle des billets jusqu'aux premiers escalators, ce sera une attente sans fin, un chemin de croix et toutes les voix étrangères feront une tour de Babel à l'intérieur de l'ancien Palais, quelque chose de très bruyant. Mais dans un mois il y aura aussi *le drame*, c'est le mot qu'on emploiera, comme on le fait chaque fois pour ce genre d'évènement. Le mot à faire peur circulera quelques jours dans les couloirs du Musée aux heures les plus tranquilles, il se propagera dans les étages, se faufilera dans les vestiaires, puis on ne le prononcera plus. On aura oublié.

Pour l'instant la Joconde se trouve encore à sa place, une main posée sur l'autre.

Mais il y a autre chose aussi, il y a ce paysage derrière elle, qui ressemble à la campagne toscane. On ne le remarque pas au premier abord, puisqu'on vient avant tout regarder le fameux sourire, dont tout le monde parle. D'ailleurs ce n'est pas à proprement parler un paysage. La rivière ne la cherchez pas, ce n'est pas une rivière, la roche que vous voyez n'est pas une roche, pas du tout. Ou pas tellement.

Les rivières ce sont des veines, c'est ce que vous expliquerait le peintre en montrant ce qui serpente derrière sa Madone, et il ajouterait d'autres choses, qui vous surprendraient. Il parlerait d'un corps débarrassé de sa peau, regardé de l'intérieur.

Tout autre chose finalement qu'un simple paysage. C'est exactement cela, exactement répèterait-il et vous l'écouteriez, la bouche ouverte et les yeux braqués sur sa barbe si longue.

—Un corps écorché puis ouvert, dépiauté. Et je sais de quoi je parle.

Derrière cette femme assise qu'a peinte Léonard de Vinci s'étend donc ce qui lui ressemble. Des os avec des aspérités, des veines gorgées de sang et des veinules fragiles, des muscles allongés en faisceaux, des matières qui suintent sur le chef d'œuvre qu'on vient aujourd'hui voir de si loin et c'est quand même une drôle d'histoire, là. La vie qui foisonne sur un panneau de bois, la *connossione*.

Connossione qu'est-ce que ça signifie en Italien?

Souvent le peintre se fâchait dans sa langue si belle, il disait que personne ne comprenait rien à rien dans cette ville tenue par des banquiers, qu'il ne pouvait pas livrer ses tableaux avant de les avoir achevés, que peindre la vie même demandait du temps, des années.

— Rien n'est jamais fini avec lui, se plaignaient les Florentins qui attendaient. Il n'est jamais content.

Et Salaï venait et faisait ce qu'il fallait pour le calmer en l'absence des élèves qu'on avait congédiés. Il tentait quelques caresses favorites, souvent répétées. Un effleurement d'abord. Puis quand il soulevait cet affreux burnous arabe que le Maître s'obstinait à porter et qu'il le pénétrait parmi les chevalets, les coupelles de peinture, les palettes souillées et les panneaux de bois, alors on entendait un cri, le cri de plaisir du génie.

Les rivières immenses ce sont des veines, vous croyez le peintre sur parole et il vous suffit sans doute de vous y aventurer. Alors commence une marche à petits pas, très particulière et très surprenante.

Vous en avez pour un moment.

Les couloirs et les salles du Louvre, si on les réunit, constituent un parcours de quatorze kilomètres, les équipes de nuit les ont comptés, mais à l'intérieur du tableau on peut s'en aller toute une vie, c'est un chemin jamais terminé, un pèlerinage sans fin. Cette rivière-là qui serpente n'est toutefois pas si grande, on peut la traverser à pied, il y a des pierres. Et la roche hérissée qui renvoie à la nuit des temps, à une création du monde, peut paraître tendre si l'on s'approche. Il suffit d'y aller lentement, d'y croire. Quant au petit pont sur la droite -on le discerne à peine- certains voudraient le reconnaître et parlent du Ponte Buriano près d'Arezzo, mais ce n'est pas écrit. Ce n'est pas précisé par le peintre. Il faut prendre la tangente en tout cas, sortir des clous et passer derrière la Madone. S'engager assez loin d'elle, à un bon kilomètre où se trouve ce qui est resté à l'intérieur, ce qui est invisible à l'œil au premier abord et qui échappe au cadre. C'est sauvage et beau, avec des parfums peu ordinaires. Du musc surtout, mêlé à l'odeur des pins et à celle des vernis. Il arrive même qu'il y ait du vent et que l'eau remue, encore plus loin, totalement hors champ.

Dans les arbres du fond on trouve même des nids de mésanges, des écureuils qui courent sur les branches et des mouches qui tournent, sans doute faudrait-il qu'on nettoie une bonne fois le tableau du Maître, avec des solvants puissants.

Il y aurait alors le vert des arbres et le bleu du ciel et le ton pourpre des manches de Mona Lisa qui sauterait aux yeux, et l'ocre de la terre et la couleur sable des chemins. Mais le tableau deviendrait différent, vous vous sentiriez floué, ce ne serait plus votre Joconde, votre Mona Lisa prise dans la pénombre des huiles encrassées et si craquelée, si fragile, en danger.

— Les rivières ce sont les veines et les rochers qui se dressent…

Il y a des siècles, le peintre a tendu des fils sur sa toile pour y établir ses lignes de fuite et aujourd'hui ce sont ces corps rapprochés qu'on dirait collés les uns aux autres, ces vestes en lainage froissées dans le dos, ces pullovers sombres et ces robes à manches, ces bras levés qui hissent des smartphones dans le brouhaha qui monte. Les conférenciers expliquent aux visiteurs des choses qu'ils ne comprennent pas bien mais qu'importe, ils la regardent. Elle, et ce n'est pas une contemplation, plutôt une curiosité collective, un besoin de participation qui les a fait tenir debout une heure dans la file d'attente, à piétiner, à se retourner sur les autres. Ils la trouvent petite, un peu perdue sur son grand mur et prisonnière de sa vitre. Ils se taisent un instant au moment où ils s'approchent, oublient qui ils sont, où ils habitent et l'adresse de leur hôtel, le prix du taxi, le numéro de la ligne de métro qu'ils devront prendre ensuite. Ils sont entrés dans l'histoire de la peinture et cherchent de toutes leurs forces l'enchantement, le miracle de l'âme qui s'en va rejoindre la toile, tout ce baratin qui les a conduits là à dix heures du matin, un peu sonnés parce que la chambre d'hôtel était bruyante, à Paris ils ne dorment jamais ?

Ils viennent de Madrid, de Tokyo, d'Amsterdam, de Montréal avec leur accent qu'on ne comprenait pas à l'accueil, ils ont attendu sous la Pyramide bruyante de voix dès le matin, puis ils ont suivi le plan du Musée, sont passés vite fait devant la Victoire de Samothrace, qu'ils ont trouvée géante, plutôt somptueuse. Ils voulaient absolument voir ce tableau dont on parle partout, afin de se sentir habitants du Monde, enfin à leur place. Seuls les Pyramides d'Egypte, l'Empire State building et la grande muraille de Chine peuvent leur procurer ce sentiment-là, ce délicieux sentiment d'appartenance. Ou alors un concert des Rolling Stones. Ensuite ils iront faire un tour du côté des antiquités égyptiennes pour voir le buste d'Akhenaton et snoberont les objets d'art et les salles romaines. Ils iront déjeuner dans le restaurant du Musée puis prendront le métro pour Orsay.

— Avec tout ce qu'on a encore à voir on n'est pas rendus, diront-ils dans toutes les langues.

 Les rivières ce sont les veines et voilà Bertrand. Son costume de gardien est trop grand, les épaules surtout mais il faudrait qu'il se lève pour que vous remarquiez ce détail. Là, il n'écoute pas les conférenciers qui parlent, ne se penche pas, ne tourne pas la tête, se tient droit sur sa chaise comme il le fait toujours, incroyablement droit comme savent le faire les enfants. Il ne s'est jamais intéressé au paysage campagnard derrière Mona Lisa, il n'aime que les rues passantes et bruyantes, le bitume sombre des trottoirs, les tours, l'odeur des villes. Et il l'aime, Elle. Oh oui. Il est son gardien attitré depuis des années, a été nommé responsable de son sourire étrange, du regard qui vous suit quand vous vous déplacez.

— Vu vos états de service, on vous la laisse, ont-ils dit à la Direction du musée. On vous laisse Mona Lisa, la Salle des Etats, vous ne bougerez pas de là. Prenez-en soin, nous vous faisons confiance, bien sûr.

Il en aurait pleuré.

La Salle des Etats a une grande verrière qui laisse passer la lumière du jour et le plâtre de ses murs a été recouvert d'un stuc couleur terre de Sienne. Elle dans sa prison de verre, à trois mètres des visiteurs, est une femme aux mains jointes dont on ne voit ni la taille ni les hanches, ni les jambes et c'est dommage, vers 1503 au moment de la commande du tableau, Lorenzo le jeune commis de Francesco del Giocondo vous l'aurait dit, c'était quelque chose de merveilleux à toucher et Francesco lui-même, l'époux de Lisa, aurait dit de son côté que c'était une chose merveilleuse à pétrir à deux mains dans

15

l'obscurité de la chambre, à embrasser avec des lèvres qui bavent.

— Je préfère rester seul avec elle, a dit le peintre à ses élèves.

Et quand il voudra commencer parce que Lisa del Giocondo sera enfin arrivée tout essoufflée, désolée et repentante et quand elle se sera assise, elle se trouvera gênée par quelque chose, les plis de sa robe sans doute et fera mine de se relever.

— Reste, lui dira le peintre.

Alors elle aura ce geste, une main sur l'autre qui cherchait un appui, reste tranquille répètera le Maître et les mains ne bougeront plus, elles prendront leur position définitive, l'une sur l'autre.

Lisa del Giocondo est restée assise trois heures durant et la douleur à la cuisse très tôt apparue lui a vite paru insupportable.

— Arrête de balancer ton pied, a dit le peintre. S'il te plaît.

 Elle a senti le feu monter le long de l'os en une ligne d'incandescence, comment appeler cet os, quel nom déjà? Elle peut imaginer à quoi ressemble un squelette, elle en a vu un encapuchonné sur une gravure, dans la boutique de Cesare Vitti, via Porta Rosa. Elle a demandé ce que c'était, pourquoi il tirait ainsi sur une corde devant le vieillard assis et Francesco a éclaté de rire, on voit que tu n'es qu'une enfant a-t-il dit, on voit que tu n'as jamais vu la mort, que tu n'y penses même pas parce qu'à ton âge on croit que la vie ne finira pas, jamais. Elle s'est approchée, de la Mort on ne voyait que les poignets, les mains, le visage et à partir de là, de cette image, elle peut aujourd'hui se figurer l'os qu'elle a à l'intérieur de sa cuisse. Elle connaît les chairs épaisses, un peu flasques à cet endroit de son corps, la peau très douce que la main de Francesco caresse puis prend à pleines mains en lui faisant mal. Elle pense à sa langue d'homme imbibée de salive, à sa bouche qui remonte le long du ventre, des seins, je voudrais te dévorer dit-il chaque fois, je voudrais te manger, je t'aime tellement amore mio. Les mêmes mots dans un ordre identique, comme un rituel, comme si c'était cela l'amour, cette litanie mais doucement murmure-t-elle, tu vas réveiller nos fils. Elle ne connait pas le nom de l'os à l'intérieur de sa cuisse et ne peut que l'imaginer. Cette partie d'elle qu'il ne peut pas toucher, qui n'est pas à lui. Qu'elle voudrait offrir à Lorenzo, le commis. Le blond, il n'y a pas tant de blonds à Florence. Elle voudrait lui faire ce cadeau avec la chair qui l'entoure et la peau avec ses grains de beauté et son cœur et son âme aussi. Son âme à l'intérieur. L'os de sa cuisse semble un incendie,

18

combien de temps va-t-il encore la faire rester sur cette chaise, celui qui peint ? Parce qu'il y a cette brûlure à l'intérieur d'elle et elle ignore qu'un jour des siècles plus tard, combien elle ne peut pas le savoir, elle n'est pas devin qui prédit l'avenir, elle ignore, donc, qu'un historien nommé Silvano Vinceti exhumera ce fémur qui la brûle. Avec un os de sa cheville tout près mais pas son crâne, quel dommage ont-ils tous dit autour de lui, c'était le crâne que nous cherchions ainsi comme des fous, le crâne de Lisa del Giocondo, la Joconde!

La nuit, Lisa del Giocondo rêve que le commis Lorenzo s'agenouille devant elle et qu'elle lui caresse les cheveux. Ou elle rêve qu'il va la prendre debout, les jupons relevés, dans une rue où personne ne passe, où il n'y a que les murs pour savoir, des murs encore humides de la pluie de l'après-midi. Elle rêve qu'il la soulève, elle est une plume, elle n'a plus de corps et bientôt il entrera en elle. Elle n'entend rien, ce sont des rêves muets mais il doit y avoir des paroles d'amour, sinon elle ne se réveillerait pas au matin dans cet état de béatitude, le front brûlant de fièvre. Elle ne ressentirait pas ensuite cette sensation de manque, de désirs inassouvis, ce trou dans sa poitrine et cette petite brûlure entre les cuisses. Francesco est déjà levé, elle se retourne dans son lit et supplie le rêve de revenir.

La nuit, le peintre est fou d'amour dans les bras de Salaï, qui dort sur le dos comme un enfant et il se dit qu'il lui passerait tout, son avidité, sa nonchalance et ses moqueries. Il rêve aussi qu'il dessine son visage, avec cette drôle de façon qu'il a d'hachurer la page pour créer les ombres, les reliefs.

La nuit, les équipes de nettoyage du Louvre frottent les parquets, dépoussièrent les objets, les statues et nettoient les vitres. Le musée redevient bruyant mais autrement, d'une façon plus familière, avec des histoires d'enfants malades et de médecin à appeler, de RER en grève, de forfaits à payer pour les téléphones, de Dimanches à attendre que le temps passe. Puis dans le silence revenu, un gardien en blouson fait sa ronde, une lampe torche à la main. Il en a pour une heure et demie de marche dans les étages, un peu plus depuis qu'ils ont nettoyé à fond la Vénus de Milo, parce que depuis il s'arrête devant elle, un moment. Il l'aime bien, il préférerait la voir avec des bras mais fait contre mauvaise fortune bon cœur, se dit qu'elle est encore belle, si belle sous son éclairage à lui. Incomplète mais charmante.

Avant la nuit, le mercredi et le vendredi, les portes se ferment à vingt-et une heures quarante-cinq mais Bertrand Monnier quitte son poste à dix-huit heures comme les autres jours, c'est son privilège.

— Vu votre ancienneté, on vous fait une fleur. Quelqu'un vous remplace pour les nocturnes, vous avez que nous embauchons des stagiaires. Ils sont en fin d'études, ça les arrange.

Bertrand aurait dû faire attention à ce mot, *stagiaire*, il aurait alors vu le coup venir. Mais il n'a pas la science infuse et ne s'est pas méfié.

A dix-huit heures, Damien le nouveau stagiaire vient prendre la relève. Il a vingt-deux ans, il est en Master d'Histoire de l'Art mais confond encore les artistes italiens et les villes. Il confond beaucoup de choses, par manque de temps et d'obstination. Car il se disperse facilement, saisit des instantanés d'existence un peu au hasard et c'est ce qu'on peut dire de lui au premier abord, c'est ce qui saute aux yeux quand on le rencontre, cet opportunisme, cette légèreté. Il a déjà déjeuné deux fois avec Bertrand. L'un en face de l'autre au restaurant du personnel déjà presque vide, parce qu'ils sont arrivés tard. C'était un drôle de spectacle pour ceux qui en étaient au dessert et pour les cuisiniers déjà occupés à nettoyer leurs fourneaux, le plus vieux des gardiens et le plus jeune, encore à l'essai. Bertrand a beaucoup parlé chaque fois, ce qui n'est pas dans ses habitudes et Damien l'a écouté comme on écoute un vieux sage, avec un mélange de fascination et de distance, d'amusement aussi. Bertrand a été surpris de s'être si facilement confié à un inconnu.

— Tout ça n'a rien d'extraordinaire, expliquait-il. Cet amour que je porte à la Joconde. Je crois qu'on peut s'attacher à n'importe qui, qu'en penses-tu ? Un homme, une femme. Et même à une personne qui n'existe pas vraiment. Même à une statue, à un visage peint, à un corps à moitié visible, un corps sans jambes.

Damien souriait, il n'a pas été souvent amoureux, une robe mal choisie, une parole malheureuse et hop, l'amour s'envole.

— Ce n'est pas sérieux, a dit Bertrand.

— Mais il y a Mathilde, maintenant. Avec elle c'est assez différent.

La nuit quand les équipes de nettoyage sont parties, que le Musée brille comme un sou neuf et que l'agent de surveillance a fini sa tournée, alors il peut se passer des choses incroyables dans l'obscurité des salles. On peut imaginer des rencontres, des réunions. Des processions de personnages importants sur le parquet qui sent bon, Anne d'Autriche et Bonaparte, Madame Récamier et Sardanapale, des Saints et des rois, des soldats, tous sortis de leur cadre. On peut se figurer des glissades d'enfants espagnols sur les parquets, des misérables en guenilles et des Infantes en robes à paniers, quelques conversations d'artistes célèbres venus se montrer, des Français, des Vénitiens, un Hollandais. Et puis une foule assise auprès de Mona Lisa pour la distraire, lui faire oublier sa cage.

Lui rappeler le temps béni où elle était libre, ses vernis encrassés à l'air. Lui dire qu'elle n'est pas si ridée, non, qu'ils ont dû se tromper dans les ateliers. Que ces photographies qui dénoncent les ravages du temps sur sa peau si douce sont de l'esbrouffe de spécialistes, pour se rendre intéressants, des clichés pour amortir le coût des appareils. Et ils lui promettent un rajeunissement, des solvants qui ne font pas de mal aux visages, du bois qui ne se fend pas, des lumières qui n'attaquent pas les pigments, des visiteurs qui ne respirent pas. Ils lui promettent la lune.

La nuit, on entend parfois le peintre durant son sommeil et alors, il lui arrive de parler de son tableau:

— Il y a cette femme si charmante qui a posé pour moi, l'épouse du marchand. Elle est venue dans mon atelier, s'est assise sur cette chaise que vous voyez là, large comme un fauteuil et je l'ai peinte. Mais il y avait Salaï aussi, toujours présent, et son visage, avez-vous vu son visage ? Ses yeux, sa bouche ?

Regardez bien. Et allez-y, superposez les images.

La nuit, personne ne prête attention aux paroles du peintre, qui vont se perdre dans les rideaux cramoisis au bord des fenêtres.

Lisa del Giocondo avance à petits pas, gênée par l'épaisseur de son vêtement et la boue épaisse venue maculer les trottoirs. Rien à faire pour se débarrasser de toute cette saleté, se lamentent les Florentins. À croire qu'elle nous représente, cette glu couleur de terre. À croire que nous nous sommes trop mal tenus depuis des siècles et ils éclatent de rire car ils sont ainsi, l'esprit frondeur, les pensées collées aux florins. Si sûrs de la beauté de leur ville, de son pouvoir. Ils ont échappé à la peste bubonique qui a décimé Milan et se sentent légitimés pour défier le Diable en personne, lui coller leur richesse sous le nez, leur dôme, leurs fresques immenses.

J'en aurai pour des mois lui a dit le peintre, une année peut-être. Ou davantage.

— Alors ce ne sera jamais fini ?

— Pour toi oui, bientôt tu n'auras plus besoin de venir.

Lisa aurait voulu apercevoir la toile, y reconnaître un front, une oreille, un œil, des petits fragments d'elle, de ce qu'elle pense être elle mais il l'a prévenue, les peintres montrent surtout ce qu'il y a à l'intérieur, ils dévoilent les pensées. Alors le modèle parfois n'est pas content, il dit que ce n'est pas lui, qu'il ne se reconnaît pas et d'ailleurs ce peintre avec sa barbe et ses drôles d'accoutrements a bien une allure de charlatan, on dirait un bonimenteur à la petite semaine, un homme qui ment comme un arracheur de dents.

 Il faut toujours se méfier des peintres, qui croient pouvoir regarder tout au fond de vous.

Lisa del Giocondo marche jusqu'à la rue de Calimala et si Dieu veut bien l'accompagner, ou la Vierge si jolie dans son manteau bleu, alors elle sera chanceuse, elle sera la plus heureuse des femmes car elle croisera Lorenzo qui sort de la boutique, les bras chargés de ballots, les bottes bientôt salies de boue. Et le ciel de Florence s'éclairera comme sous le coup de grands projecteurs, ce sera une opération divine.

Le soleil tout à coup inonde une partie de la ville. L'épouse de Francesco del Giocondo, marchand de soie et de laine à Florence, plonge son regard dans celui du commis Lorenzo, aux cheveux blonds comme ce n'est pas permis et c'est sans doute là un péché, ou tout au moins le début d'un péché, car normalement les choses ne devraient pas s'arrêter là. Mais Dieu regarde ailleurs et la Vierge Marie n'a rien dit.

Lisa est restée immobile, par moments seulement elle s'est mordu la lèvre. Ou a passé sa langue parce que sa bouche était sèche. Ou bien elle a arraché une petite peau avec ses doigts, ne remue pas trop disait le peintre, j'ai besoin d'avoir ton visage dégagé, dans la lumière.

— Mais vous dites que vous peignez mes mains !

—Tout de même. Lève-toi si tu le veux, si tu as besoin de bouger. Va marcher un instant dans la cour et reviens.

Dans la cour derrière l'atelier, une fenêtre basse protégée par des barres de fer donne sur une pièce que seul le peintre peut ouvrir. C'est son laboratoire et des bruits courent sur ce sous-sol sombre, on parle de visages d'écorchés, de bêtes clouées sur des planches. Des serpents et des papillons, des criquets, des lézards, un pivert. C'est le lieu de ses recherches les plus extravagantes, muscles et viscères, tendons, petits os, tout ça doit sentir la peste se dirait Lisa si elle entrait là. La peste noire de Florence dont on parle encore. Et cette pensée tout à coup la ferait sourire, car parfois elle sourit quand il ne le faut pas. Quand Francesco bouge sur elle, c'est une chose qui lui arrive.

— Qu'est-ce que tu as ?

Un sourire comme une petite grimace, une moue particulière, un petit mystère.

La nuit est tombée, le peintre est allé rejoindre la morgue de Santa Maria Nuova et il allume une bougie, la dirige vers le visage du cadavre. Ainsi éclairée, la face ne ressemble plus à un visage, on croirait un masque grec, une figure tragique narines ouvertes, bouche comme un trou noir.

Mais ça ne l'impressionne pas. Il attaque.

Il attaque l'os maxillaire dont il enlève une partie afin de dégager le muscle, *li buccinatore*, voilà c'est ce muscle-là qui l'intéresse car il aplatit la joue quand un sourire s'esquisse. Ce qui change tout. Il a déjà fait l'étude des nerfs qui envoient le signal au cerveau, qui lui disent souris, souris au peintre qui te rendra célèbre grâce à ce sourire-là, qui épatera les gens. Mais souris d'une drôle de façon, d'une façon mystérieuse, peu commune, pas franche. C'est difficile mais tout à fait possible, tu verras. Le peintre a compris, il a tout compris du mécanisme de cette mimique-là, qu'il dessine à présent et reproduira le plus fidèlement possible sur la toile. Il saura alors où poser les ombres avec le fer et le manganèse. Il saura faire et ajoutera un peu de bleu à l'intérieur de l'ombre parce que dans la poussière des chemins figurés derrière Mona Lisa, l'œil voit comme des reflets bleus. Il fera tout cela, à condition qu'on lui en laisse le temps, quand veut-il son tableau déjà, ce marchand de tissu ? Les Florentins ne savent pas patienter, ils ne comprennent rien à l'art. Les Médicis en premier, ces imbéciles.

.

Le conférencier répète, *sfumato* vous avez tous déjà entendu ce mot, j'imagine et un attroupement se fait tout autour de lui, des Hollandais, des Américains et des Polonais, un groupe d'Espagnols venus de Séville. Un mot lancé dans le vacarme du Musée et c'est une foule qui soudain se tait. Sfumato est un joli mot, il sent la fumée de cigarette, fait renaître la fumée des trains, celle qui sort des volcans éteints.

Bertrand pourrait alors se lever et traverser la salle. Il pourrait se frayer un passage parmi les visiteurs, dire pardon, excusez-moi mais il faut absolument que je lui parle, que je parle à votre conférencier, c'est important, comprenez-vous au moins ce qu'il dit ? Pour moi il s'agit de ma vie, il s'agit d'elle, de cette femme que vous regardez. Cette femme dans le *sfumato*.

Et les gens s'écarteraient, car les yeux du gardien seraient si brillants qu'ils s'en trouveraient tous impressionnés. Il faut que je lui explique répèterait-il, il ne sait pas tout. Il faut que je lui dise qu'à l'intérieur de la toile, sous la toute première des couches dont il vous parle, elle est là. Elle, ma Madona, toute vibrante. Elle avait vingt-quatre ans, c'est encore jeune n'est-ce pas ? Elle portait rarement ce voile de tulle parce qu'il tenait mal, un coup de vent et il tombait et vous connaissez les trottoirs de Florence. Elle avait une voix… je ne connais pas sa voix pardonnez-moi, c'est bien là une chose secrète avec laquelle je dois composer. Elle est mon amour muet, ma fée silencieuse mais j'imagine un chant. Et son parfum m'a rendu fou, la première fois.

— Et tu n'as jamais connu une femme ? Lui a demandé Damien.

Ils étaient ce jour-là les numéros 750 et 751 dans l'ordre de passage au restaurant du personnel, ils avaient choisi tous deux les lasagnes à la bolognaise, la sauce faisait une croûte brune épaisse en surface et Damien attaquait la tarte aux quetsches de Bertrand. On ne va pas laisser ça disait-il en piquant le gâteau avec sa fourchette. Ce n'est pas que j'aie encore faim mais bon, c'est dommage de gaspiller.

— Connu ?

Bertrand faisait souvent répéter Damien, avec une certaine brusquerie qui attendait une réponse immédiate.

— Oui, fréquenté, couché… tu ne vas pas me dire que...

— Depuis des années je l'ai, elle, sur le tableau. Dix-sept ans exactement, demain il y aura dix-sept ans. Tu peux manger mon gâteau avec les doigts, ça ne me dérange pas. Mais dépêche-toi, c'est bientôt l'heure.

Mona Lisa porte un voile qui se confond avec ses cheveux, on en aperçoit un bord sur son front, une ligne à peine visible à laquelle on peut ne pas faire attention. Ses mèches brunes les plus longues dessinent des boucles serrées et une petite pointe de lumière blanche éclaire son regard. Elle ignore où elle se trouve, au milieu de quel paysage. Sans doute serait-elle surprise si elle se retournait, sans doute se demanderait-elle où se situent cette rivière, ce pont, cette ligne d'arbres. Mais elle n'en dirait rien car elle garde ses pensées pour elle. Elle sait que ce sera une longue histoire, ce qu'elle pense sur ce tableau avec son air d'être à moitié contente. Il y a dix-sept ans, elle a vu ce gardien arriver et se planter devant elle comme devant la Sainte Vierge. Elle l'a vu sortir un mouchoir de sa poche et s'essuyer le front, a remarqué des taches roses sur son visage, plus marquées sur le cou. Puis Bertrand est allé s'asseoir pas trop loin et elle a tout de suite remarqué son air de ne plus savoir quoi faire de ses mains, de ses jambes qu'il croisait, décroisait, allongeait devant lui, cette fébrilité. Elle a l'habitude qu'on soit troublé devant elle. Elle a entendu le nom de cet homme perdu dans ce costume qu'ils portent, tous. Soucieux de ne pas déformer les jambes du pantalon quand il s'est assis, un peu empêtré dans la veste trop grande.

— Vous voilà dans le Saint des Saints, Bertrand, disait le Conservateur.

Avec le temps, elle a appris des bribes de sa vie de gardien qu'elle trouve assez pitoyable, cette solitude effrayante et les huit stations de métro en toutes saisons entre son appartement et le Musée, la chaleur des rames la plupart du temps, l'odeur du sous-sol. Les volets fermés dès huit heures du soir, les coups de téléphone de sa sœur en début de mois pour s'assurer qu'il n'est pas malade, le flash info radio du matin, le bruit des voisins tard le soir et le vacarme du camion de livraison du Franprix. Ses deux jours de repos le dimanche et le mardi, ce désœuvrement alors, ces hésitations quant à la façon d'occuper les heures et l'abandon à l'indolence, la plupart du temps. La grille du marchand de journaux, la loge de la gardienne, la boulangerie et ses baguettes tradition, le Lavomatic avec ses chaises en fer, ses petites annonces, son odeur de lessive. Elle aimerait un jour s'approcher de lui pour lui faire plaisir, se poser tout près. Elle l'a fait plusieurs fois avec d'autres quand elle n'était pas encore enfermée derrière sa vitre, aujourd'hui c'est impossible et il y a trop de monde autour d'eux, de toute façon. Alors elle pense à autre chose. Mais le soir -le lundi, le jeudi et le samedi, elle reconnaît les jours – quand les visiteurs s'en vont les uns après les autres, que le Louvre retombe peu à peu dans le silence, alors elle le voit qui vient vers elle. Il se tient moins droit depuis quelque temps, il a vieilli, ses cheveux ont blanchi, il ressemble aux dessins qui traînaient dans l'atelier du Maître, ces petits vieux avec leurs hachures à l'envers. Il se flétrit. Il a ôté sa casquette, qu'il tient à la main et il la regarde. Il regarde sa Madona. Il ne lui parle jamais directement, mais elle sait très bien ce qu'il lui dit à l'intérieur de lui-même et elle trouve cela plutôt touchant, ce vieil homme avec ses déclarations. Carrément osées, parfois. Maladroites, parce qu'il n'a pas l'air de trop s'y connaître.

Alors son sourire s'élargit, sa bouche s'entrouvre, elle est assez différente. Il faudrait la voir. Et comme elle n'a pas un don de divination, elle ignore encore que bientôt elle ne verra plus son gardien attitré, fidèle et soumis à sa beauté depuis dix-sept ans. Celui qui semble vouloir respirer à sa place, lui insuffler la vraie vie. Elle ignore encore pour quelques temps la souffrance qui sera la sienne et qu'elle confrontera alors à celle de quelques Médicis célèbres, pour les comparer et comprendre. Mais elle sait une chose, c'est que le monde avance comme il le peut depuis la nuit des temps et que parfois, c'est n'importe quoi.

Lisa del Giocondo continue à voir son amant Lorenzo, elle se maquille comme une fille, regardez la femme du marchand disent les Florentins, regardez comment elle devient, pour qui elle se prend et les deux amants se cachent de moins en moins. Un jour peut-être, un de ces jours éclatants de soleil où l'on y voit clair jusque dans les boutiques sombres, Francesco saura la vérité. Quelqu'un entrera chez lui sous prétexte de lui commander un manteau en soie brodé d'or, je sais que c'est ta spécialité dira le client qui aura baissé la voix mais attends, j'ai d'abord quelque chose à te dire. Et ses paroles éclateront au visage de Francesco. Alors il deviendra fou de douleur et de colère et de rancœur, il hurlera dans le magasin puis dans l'arrière-boutique, dans sa maison des environs de Florence, dans les rues de la ville dans les églises. A la fin il tuera sa femme, peut-être ou il tuera son commis. Il l'étranglera. Mais il s'est déjà produit tant de meurtres à Florence que celui-ci ira se perdre au milieu des autres. On parle encore des enfants achetés pour leur sang, afin de soigner la maladie du Pape. On les a vus devenir pâles et s'endormir dans les cours pavées, leurs genoux contre la poitrine et l'on a remarqué leurs yeux jaunes. On se souvient, ce n'est pas si vieux, des conjurés égorgés et offerts à la foule, on rappelle les corps dépecés, les bras les jambes les têtes, tout le sang sur les places devant les Palais. Et l'on prononce encore parfois, à voix très basse comme s'il était sacrilège de le dire, le nom de Francesco Pazzi qui voulut tuer Laurent le magnifique, le Médicis aux yeux myopes et au teint d'olive. Pour Lisa del Giocondo et son époux on dira simplement, des siècles plus tard, qu'on ignore ce qu'il advint du marchand florentin et de sa femme qu'il aimait tant, à quel âge ils moururent, comment, dans quel ordre. On parlera d'une sépulture quelque part en Italie, qu'on recherchera. On ajoutera que le portrait ne fut jamais livré par Léonard de Vinci, qu'il ne gagna jamais un florin avec cette affaire.

Lisa del Giocondo apprend l'amour, et la jalousie car les femmes regardent Lorenzo avec envie quand il passe, à cause de ses boucles blondes. Son corps change, sa taille s'épaissit, ses paupières tombent un peu, ce sont comme des palourdes se plaint-elle et un jour Lorenzo de son côté demande au barbier de couper ses cheveux. On les remarque alors moins quand on les croise dans les rues de la ville. Florence est malade et ne se soucie pas d'eux, Florence est veuve des Médicis qui ont été renvoyés et le peintre s'en va, il n'a plus de mécène, plus personne. Il quitte la ville et emporte avec lui le tableau. Je dois le terminer, dit-il.

— Tu ne finis jamais rien, c'est le bruit qui court à ton sujet, qu'on ne peut pas compter sur toi.

La Joconde part ainsi en voyage. Elle s'en va sur les chemins déserts vers son destin de chef d'œuvre, prend la route avec sa planche de bois tendre et ses glacis qui sèchent. A dos de mulet, enfermée dans un sac elle traverse les Alpes, elle a froid et les routes sont mauvaises, à peine praticables pour les bêtes. Les cahots la bousculent et la rendent malade, menacent ses pigments, font une entaille profonde dans son bois. En France, un roi géant accueille le peintre, il a vingt ans, c'est un Valois. Il est surpris par le visage de cet homme qu'il attendait avec impatience et qui paraît si vieux. La chambre du Maître au manoir du Cloux a des rideaux rouges tendus autour du lit, des rideaux épais afin qu'il trouve le sommeil mais cette couleur l'empêche de dormir. Sa main droite ne peut plus bouger, de sa main gauche il continue son travail. Le paysage impossible, le sourire qu'on ne comprend pas, les mains immobiles, l'une sur l'autre.

Le beau Salaï s'est arrêté en chemin, à Milan et le maître l'a remplacé. Avec le nouveau qu'il n'aime pas autant que l'autre, il classe ses dessins, ses notes et Mona Lisa attend qu'il vienne la rejoindre. Il y a un feu dans la cuisine pour la réchauffer, ainsi l'huile de ses glacis ne fera pas une croûte épaisse mais le peintre ne pense pas à l'état de son tableau, il ignore encore les différentes étapes de son usure, n'imagine pas les couches qui craquent, se séparent, les fissures qui se creusent. Il est fatigué. Et Salaï lui manque, le corps replet de Salaï, son odeur, son sexe, ses mains sur lui, ses paroles qui l'amusent.

Damien a parlé de Mathilde à Bertrand, il lui a montré une photo d'elle sur son portable et ils ont été d'accord, Mathilde a un visage de Madone, elle aussi. Mais une Madone différente, plus commune, comme on en voit dans les églises. Les yeux en amande et le regard rêveur, plein d'amour.

— Mais au lit… elle n'a rien de la Sainte Vierge, si tu veux tout savoir.

Damien fait rire Bertrand avec ses confidences. Il l'a déjà invité plusieurs fois dans le studio qu'il partage avec Mathilde, près des Halles et chacune de ces invitations a constitué un évènement dans la vie du gardien si solitaire. Chaque fois il a failli ne pas venir, a cherché des prétextes et n'en a pas trouvé, s'est résolu à prendre le métro jusqu'à Chatelet en se disant qu'il ne recommencerait pas, jamais. Qu'il n'était pas à sa place auprès de ce jeune couple si vivant et léger, si amoureux. Il a pensé que son histoire à lui était bien plus grave et pas si brillante, bien plus secrète en tout cas, à peu près inavouable. Il s'est dit une nouvelle fois que c'était une histoire pleine d'ombre et de paroles silencieuses, de sentiments cachés à peine réels et que tout cela n'allait pas du tout avec le quartier. C'est Mathilde qui est allée ouvrir chaque fois, Ils ont mangé tous trois des pizzas dans des assiettes en carton, de l'Indien à même les boîtes, bu du vin rouge. Bertrand s'en est tenu généralement à un verre.

— Je dois faire attention, disait-il. Parce qu'après, il faut que je rentre. Je ne suis pas un gros buveur, de toute façon.

Mathilde a laissé les deux hommes parler, Damien racontait sa vie, ses débuts au Musée, cette vie de ouf disait-il, des heures sans bouger, ça tue, on se transforme en fossiles et Bertrand semblait heureux, tout compte fait. Souvent il tournait son regard vers Mathilde et lui souriait, il la trouvait jolie et si pleine de vie. Mathilde a appris par cœur les lèvres minces de cet homme si particulier dont les paupières semblaient ne jamais se fermer, ses mains noueuses avec leurs taches sombres, son pull-over à col rond, chaque fois le même mais avec une très forte odeur de lessive, ses chaussures noires à lacets au cuir brillant d'avoir été ciré. Elle a appris la voix très douce, par moments inaudible, comme épuisée et qui s'élevait soudain avec furie pour parler de son tableau, prononcer le nom de sa Madona. Le contraste l'a bouleversée et la voix changeante de Bertrand est restée gravée dans son esprit.

Elle s'y trouve encore, elle le sait et se garde bien de la convoquer, elle aimerait tant à présent qu'elle s'échappe de sa tête et disparaisse à jamais.

— Mais je me demande si vous pouvez me comprendre, à propos de Mona Lisa, expliquait Bertrand. Ce que je ressens est quelque chose d'un peu extravagant, sans doute. Il faut peut-être faire mon métier depuis longtemps pour concevoir une chose pareille et j'imagine que chaque vieux gardien a son histoire à lui avec une paysanne immobile devant sa ferme, un Prince, un Empereur, un soldat ou une courtisane peinte. Une histoire plus ou moins facile, plus ou moins réussie. C'est qu'à force, des liens se tissent, des sentiments. Mais nous n'en parlons pas facilement.

— L'amour est toujours extravagant, a dit Mathilde et Damien a éclaté de rire.

— Madonna c'est l'idole de ma mère, a-t-il dit et Mathilde lui a fait remarquer qu'il n'était pas drôle et que c'était chaque fois la même chose avec lui, qu'on ne pouvait pas être sérieux.

— Il a sans doute raison, a reconnu Bertrand. Et puis je ne sais pas pourquoi je vous ai parlé d'elle, c'est ridicule.

Avant de connaître Damien, Bertrand ne s'est jamais confié à personne, conscient de l'inutilité

44

totale d'une telle révélation. De son absurdité aux yeux de n'importe quel profane, surtout.

— Ce n'est pas de l'idolâtrie, a-t-il précisé à Mathilde qui l'écoutait davantage que Damien. C'est autre chose… vous me comprenez.

Il aurait pu expliquer qu'il y avait du désir, qu'au fond c'était plutôt cela, s'il voulait être tout à fait honnête il ne s'agissait pas d'un amour très chaste. Mais comment avouer une chose pareille, comment trouver les mots qui conviennent ?

— En fait tu te la serais bien faite à son époque, la Joconde, a lancé Damien entre deux bouchées de riz au curry.

Mathilde a haussé les épaules, tu es vraiment nul a-t-elle dit à Damien. Mais non laissez, a répondu Bertrand, il est vrai que le modèle devait être une jolie femme.

Quand elle marche auprès de son mari dans les rues de Florence, Lisa del Giocondo fait son effet. Il est même arrivé une fois que Julien de Médicis se retourne sur elle et Francesco en a été flatté. Lui-même a été frappé par sa beauté la première fois. Et quand il est allé à la ferme de San Silvestro pour rencontrer Antonmaria Gherardini, il a promis à celui-ci de rendre sa fille heureuse.

— Je gagne beaucoup d'argent avec l'auroserici, a-t-il dit à Antonmaria. Et avec la laine aussi. Je suis l'un des marchands les plus fortunés de ta ville, je suis l'orgueil des florentins.

— Moi je n'ai rien, a répondu Antonmaria, enfin pas grand-chose, quelques florins d'or. Mais ma fille est un trésor, regarde-la encore et dis-moi si tu as déjà vu quelque chose de plus précieux.

Dans les rues de Florence qui ne sont pas encore entachées de sang mais ça ne va pas tarder, des peintres, des sculpteurs et des architectes au service des Médicis profitent des trottoirs à l'ombre. Léonard de Vinci l'illuminé, le concepteur d'une machine volante aux ailes couvertes de peau, remarque le couple qui avance devant lui. Il remarque surtout la beauté de la femme qui accompagne le marchand et il se dit qu'il ferait bien son portrait, que si cet homme lui demandait une chose pareille il ne rechignerait pas. Demain ou un autre jour, il faudra qu'il pense à aller lui commander un manteau pour Salaï, ce brigand de Salaï qui lui a volé l'argent dans son escarcelle. Il montrera au marchand le croquis qu'il a fait d'une machine à aiguiser les aiguilles, si tout va bien il pourrait tirer six cent mille ducats de son invention et arrêter de peindre des madones sur des retables, des soldats à cheval partis à la bataille, des saints qui se pâment.

Sur l'un des carnets qu'il attache à sa ceinture, le peintre a dessiné à la craie rouge un vieillard en face d'un jeune homme. Le vieillard a un long nez et un air très malheureux, le jeune homme ressemble à Salaï avec ses boucles et son visage plein, il a les joues et le menton d'un homme qui mange trop, qui bientôt deviendra gros et l'on dira de lui quel dommage, il était si beau. Et il n'est pas exclu qu'on puisse aussi voir dans ce dessin des deux hommes une ressemblance avec Bertrand et Damien, assis l'un en face de l'autre devant le poulet tandori que Mathilde a commandé, un quart d'heure plus tôt, grâce à une nouvelle application sur son téléphone : *Just Eat, 24h/24 et 7/7. CB, espèces, ticket resto.*

Bertrand a insisté pour payer. Je suis si heureux d'être là, a-t-il dit.

Sur le dessin de Léonard, à bien regarder, le visage du vieillard est de ceux qui vous fendent le cœur et Mathilde a le cœur qui chavire devant le vieux gardien amoureux de sa Madone, alors qu'est-ce que tu penses de Bertrand ? Lui a demandé Damien quand celui-ci les a quittés. C'est une trouvaille, non ? Des comme lui, on n'en trouve pas cinquante.

Mathilde n'a pas répondu.

Emi porte une jupe noire étroite, un collant noir, un pull-over noir et cette tenue ajoutée à sa taille très moyenne et à ses cheveux attachés fait qu'on la remarque à peine, quand on la croise. Il faut s'intéresser au personnel du Carrousel pour faire attention à elle, ou l'avoir tenue dans ses bras, avoir caressé sa poitrine, ouvert ses cuisses comme l'a fait plusieurs fois l'ancien Manager, aujourd'hui responsable d'une boutique de macarons au premier étage.

— Là-haut j'ai une clientèle plus classe, dit-il à ceux qui l'interrogent sur son changement.

Il a reconnu Emi de loin en arrivant et a aussitôt regretté de se trouver là près de l'entrée du Carrousel, au moment exact de la pause de la Japonaise. Et si elle me demande encore une fois d'expliquer, a-t-il pensé. Si elle réclame une bonne raison pour l'avoir laissée tomber, quelque chose qui tienne debout. Et puis il se rassure, Emi fait partie des filles faciles, elle se consolera vite. Elle s'est déjà peut-être consolée, ces filles-là attirent les hommes comme les appâts attirent les poissons.

Ce noir des pieds à la tête c'est l'uniforme d'Emi, c'est celui de la plupart des vendeuses dans la galerie et quand elle retournera à la Yogurt factory pour reprendre son service, son pullover sentira le tabac, ses cheveux aussi. Le nouveau manager le lui fera remarquer, elle haussera les épaules.

— J'arrête de fumer, c'était la dernière.

— On parie, tu recommences demain.

Emi déteste les paris, pour elle la vie n'est pas un jeu mais une affaire sérieuse. Elle ne croit pas à la chance ni à la malchance, elle ne conçoit pas de hasard, elle croit seulement au destin, dont lui ont parlé ses parents et les parents de ses parents. Elle croit à ce qui a été organisé pour elle et pour les siens, au départ. C'est pourquoi elle évite de trop se plaindre, s'en tient à la fatigue physique qui la prend certains jours dès le matin et ne la lâche plus. Elle évite les sentiments, les rancœurs, considère les chagrins violents comme la crète d'une vague sur laquelle elle a été déposée un jour -sa vie. Parfois la vague gonfle, devient énorme et emporte le nageur, c'est tout. Parfois aussi il y a cette écume si fine, si jolie au sommet et ce sont de bons moments. Avec l'ancien manager, elle a cru danser au milieu de l'écume. Et quand elle voit le visage de son père ou de sa mère sur son téléphone, parce qu'on a installé le réseau sur une partie de la baie, alors les petites bulles semblent faire un feu d'artifice, une chose de ce genre, qui chatouille sa peau. Le père a le visage marqué par les heures passées en mer, les cheveux encore collés au front parce qu'il vient d'ôter sa capuche. La mère se maquille de plus en plus, c'est à cause du restaurant dit-elle, je dois faire bonne figure. Rouge des lèvres et blanc du visage, noir des cheveux de jais relevés en chignon, que tu es belle lui dit Emi en se penchant vers l'écran.

Emi a approché plusieurs fois Bertrand, le gardien du Louvre. Elle s'est trouvée plusieurs fois dans la même rame de métro que lui parce qu'ils empruntent la même ligne, mais elle ne l'a pas remarqué. Ou peut-être que oui, peut-être s'est-elle tenue tout près de lui mais elle n'en a rien dit, à personne. Alors on ne sait pas. Elle a dû en tout cas marcher près de lui dans les couloirs, suivre le même flux de voyageurs, puis leurs chemins se sont séparés. Ils ne sont pas si éloignés l'un de l'autre - quelques centaines de mètres et la hauteur d'un étage- mais ils ne se connaissent pas, ne se sont jamais parlé et c'est dommage, car alors Bertrand aurait pu lui confier des choses sur la Joconde, qu'Emi n'a jamais vue en vrai car elle n'est jamais entrée dans le Musée. Elle s'en tient aux lampions, ne connaît du tableau que l'image reproduite sur l'éclairage de la galerie, pour rappeler aux étrangers et aux provinciaux qu'ils se trouvent bien à Paris. Paris- la Joconde- le Moulin rouge- les Folies bergères. Paris- la Joconde partout, sur les foulards, les lampes, les assiettes, les boîtes de bonbons au chocolat.

Si Emi et Bertrand s'étaient rencontrés, alors on peut imaginer une grande retenue de la part du gardien, qui ne se confie pas à n'importe qui. Il aurait seulement décrit à Emi les ombres à peine bleutées de Mona Lisa, la bouche prête à s'ouvrir, la blancheur des mains. Sur les lampions, il est difficile de voir les détails, alors Emi aurait été intéressée. Elle aurait félicité Bertrand, car assurer la sécurité de Mona Lisa est beaucoup plus passionnant que remplir une Bubble Waffle, même avec de la glace aux noix de pécan. Et elle aurait remarqué les taches roses sous ses yeux pendant qu'il parlait, le léger tremblement des joues -les signes d'une grande émotion.

— Vous devriez arrêter ça, lui aurait dit Bertrand avant de la quitter, en désignant la cigarette à présent consumée.

Sa dernière, son halo personnel, son trouble, son *sfumato* à elle.

Il faut dire aussi cette chose impossible, il faut parler d'eux dont les noms sont célèbres, si célèbres qu'on vient de loin pour aller regarder ce qu'ils ont fait, pour demander leur date de naissance, la ville d'où ils venaient, s'ils peignaient le jour ou la nuit quand les autres dormaient, s'ils avaient les mains tachées de pigments colorés, s'ils s'en mettaient partout sur leurs vêtements, s'ils discutaient avec leurs modèles ou s'ils se taisaient. Il faut parler d'eux parce qu'il leur arrive de circuler dans les couloirs des musées et quelque part dans les salles, n'importe lesquelles. Ils font partie de la population de ces bâtiments, une population invisible, très discrète. D'ailleurs s'ils se montraient ou s'ils se mettaient à parler, ils feraient fuir les visiteurs et ce serait un terrible bazar à l'intérieur et jusque sur les trottoirs. On crierait au fantôme, au musée hanté, on dirait ce n'est pas une blague, nous avons été plusieurs à les voir, à les entendre et c'était comme dans ce feuilleton télévisé d'il y a longtemps, vous vous souvenez. C'est pourquoi celui-là qui est transparent se tait. Il marche, parcourt des kilomètres avec ses grandes jambes parmi les sculptures, les vitrines de sceaux cylindres, les jarres et les patères, les tapisseries. Il espère se distraire, il en a besoin. Les foules ne le dérangent pas, il sait se frayer un chemin, a pris cette habitude dans les ruelles de Florence, de Milan ou de Rome. Il va de salle en salle à travers l'Afrique du Nord, le Liban, l'Egypte au temps des Pharaons, la Grèce, la Mésopotamie du roi Naram-Sin. Il évite l'Italie, n'approche que très rarement ses propres peintures, par peur de bouffées de nostalgie. Il va de l'avant, traverse les salles de l'art étrusque, de l'art copte et souvent se perd, alors commence une longue errance assez épuisante. Il se démotive. C'est au cours de l'une de ces marches solitaires qu'il a vu Damien pour la première fois, assis à sa place de gardien dans une salle du rez-de-chaussée. Damien fait partie du personnel itinérant, en raison de son statut de stagiaire. En dehors des nocturnes qu'il assure à la place de Bertrand, le reste du temps il va d'un département à l'autre, d'une salle à l'autre.

— Du coup je m'ennuie moins, dit-il. Au moins je bouge.

De loin, il y a eu cette chose extraordinaire : en apercevant le visage poupin de Damien, le peintre a cru retrouver Salaï, il en aurait pleuré mais les fantômes ne pleurent pas, ils ont un regard éternellement triste mais sans larmes, des chagrins sans sanglots pour soulever la poitrine. Leurs émotions sont discrètes, insoupçonnables. Il a tout de même chancelé un instant.

Damien a la beauté de son petit démon au sexe d'homme, il y a la stature, la largeur d'épaules, les boucles. Le léger embonpoint aussi, Salaï se gavait de vin de Lombardie, de ragoûts aux herbes sauvages et Damien avale des Mig mac à la fin de son service, avec du coca-cola. Il n'a jamais senti la présence du peintre près de lui, tout juste a-t-il remarqué un courant d'air, certains jours. Il s'est chaque fois dirigé vers les fenêtres pour vérifier leur fermeture, puis a regagné sa place. La dernière fois, une femme l'a suivi du regard et le peintre s'en est amusé, Salaï aussi plaisait aux femmes, aux hommes, à tous les amateurs de beauté et lui-même quand il avait vingt ans passait pour être le plus beau garçon de Florence. Ensuite les choses se sont gâtées, le corps s'est plié, suffisamment pour qu'on remarque aussitôt sur ses épaules le poids des ans. Léonard de Vinci, le vieux génie à la longue barbe, le peintre qui fait la gueule sur le portrait qu'on connaît de lui.

Damien observe un groupe de visiteurs chinois, il s'étonne de leur nombre et de leur ressemblance, de cette propension qu'ils ont à se serrer les uns contre les autres et le peintre voudrait s'approcher de lui, lui dire que voilà, à présent Salaï est mort depuis si longtemps, il l'a quitté à Milan et ne l'a jamais revu.

— Quant à moi, je ne suis pas resté longtemps en vie, tu dois le savoir. C'est écrit dans tous les livres. Tu liras aussi que je faisais plus vieux que mon âge quand je suis arrivé en France, tout le monde a été étonné, le Roi aussi.

Il voudrait continuer à parler, se tenir tout près de Damien et lui murmurer des choses comme on le fait auprès d'un être familier, un fils, un amant.

— C'est vrai que j'étais épuisé. Et malheureux, surtout. A la fin, mon cœur a lâché tu verras, mes derniers mots concernent une histoire de soupe, c'est idiot une coïncidence pareille. Seulement voilà, la soupe était en train de refroidir, je m'en souviens. Catherine se lamentait encore une fois, criait que j'étais toujours à traîner, que ce n'était pas Dieu possible de manger froid, chaque soir, que c'était bien la peine qu'elle se donne du mal. Alors écoute mes paroles, mes pauvres paroles.

Perché la minestra si fredda, c'est ce que j'ai écrit avant de mourir.

Perché la minestra si fredda, La langue italienne si douce est venue colorer les murs de la salle immense, leur apporter un peu de chaleur toscane, avec un parfum de lauriers. Damien croit avoir entendu quelque chose, des mots à peine audibles venus du fond de la salle, comme une musique. Et il regarde autour de lui, ne voit que des visiteurs penchés sur les vitrines, des visages avec des lunettes, des mains qui tiennent des audiophones. La phrase Italienne est déjà allée se perdre dans le brouhaha des paroles ordinaires, dans le bruit sonore de quelques visiteurs qui toussent.

— C'est tout à fait dommage, j'aurais pu vivre encore un peu. Le Roi de France m'appelait Padre et me donnait une rente confortable, sept cents écus d'or ce n'était pas rien. J'étais un symbole, je crois bien qu'il m'adorait. Quand je suis mort il mariait sa fille, je n'ai pas pu lui dire adieu et je le regrette. J'aurais dû prévoir, mais je n'ai jamais été très organisé, les livres te le diront. Je me dispersais.

Si Damien pouvait l'entendre à cet instant, il faudrait qu'il lui dise la vérité, qu'en matière de dispersion lui aussi se débrouille pas mal. Et puis qu'il ne sait pas grand-chose de lui, de ses inventions et de ses œuvres, à part la Joconde et sa machine volante, il n'est pas très au courant. Il a étudié Botticelli et Raphael, un peu et s'en est tenu là, à ses cours, à quelques dates qu'il a déjà oubliées.

— Sinon à part la Joconde vous avez peint qui, en fait ?

Voilà Damien tout craché, dans son uniforme trop court aux manches et qui le gêne, dans lequel il a chaud, avec sa cravate défaite mais bon, j'ai eu mes exams, qu'est-ce qu'on veut de plus ?

—J'ai eu ma licence et maintenant me voilà sur ma chaise, je déteste ce costume et je ne parle même pas de la casquette. Alors si c'était à refaire…moi j'aurais voulu être footballeur mais c'était plié, j'ai tendance à grossir.

Seulement le peintre s'est déjà éloigné, dans son état il manque lui aussi de concentration et peine à demeurer longtemps au même endroit. Il lui faut aller d'une salle à l'autre toujours, interminablement. Il lui faut faire l'oiseau migrateur, la mouche qui vole et il aimerait parfois que des mains puissantes l'attachent à un arbre, pour qu'il puisse rester tranquille. Et redessiner dans sa tête les boucles claires de Salaï, comme autant d'arabesques

La nuit est tombée sur Paris, le quartier des Halles a modifié ses foules, les silhouettes paraissent plus jeunes et plus mouvantes, les conversations plus sonores et au-dessus des trottoirs, sous les réverbères, il y a la danse agitée des fumées de cigarettes. Au troisième étage d'un immeuble construit au XIXème siècle, le studio est éclairé, on peut reconnaître sa fenêtre depuis la rue. Et à l'intérieur du studio, il y a cette jeune fille en pleurs qui n'a rien à voir avec un tableau, c'est une créature en chair et en os aux cheveux châtain, au visage de Madone affligée et tout à l'heure il faudra qu'elle se mouche.

Damien n'est pas rentré et Mathilde pleure. C'est son anniversaire, ce soir Mathilde a vingt ans.

Le gâteau à la crème se trouve au-dessus du frigidaire, dans un carton blanc. Les bougies sont à l'intérieur. Mathilde a vingt ans aujourd'hui et elle attend Damien. Mais Damien ne vient pas, il a la tête ailleurs, le cœur ailleurs et ses envies aussi. Elle ne sait pas exactement ce qui lui arrive, il existe cette part secrète qu'il traîne à l'intérieur de lui et qu'il protège d'une main quand elle s'approche de trop près.

— Laisse, c'est ma vie, lui dit-il alors. C'est ma vie à moi, j'ai bien le droit.

Puis il rit, je rigole c'est pour t'embêter, qu'est-ce que tu crois ? C'est pour te faire braire ! Mais quel démon rôde dans l'esprit de Damien, certains jours et alors dès le matin il se manifeste, le rend fuyant et ouvre toutes les portes, toutes les fenêtres, déchire les rideaux et saccage les silences, les rend insupportables.

Damien devrait être rentré depuis deux heures déjà et Mathilde ignore où il se trouve, avec qui. Il a éteint son téléphone, il est absent, parti dans sa vie loin d'elle, mais où es-tu Damien répète Mathilde et les murs jaunes du studio, que peuvent faire les murs ?

De l'autre côté, là où il n'y a pas leurs posters ni le miroir que Damien a ramené un soir, triomphant, il est chouette, non ? J'étais sûr qu'il allait te plaire, de l'autre côté des murs couleur de tournesol parce que ce fut une mode il y a longtemps, du côté des voisins on entend la télévision et ils ont monté le son, comme tous les soirs. Mathilde a saisi le gâteau, l'a débarrassé de son emballage en déchirant le carton. C'est une couche brune de biscuits belges recouverte d'un nuage blanc, avec des fraises au-dessus, en équilibre. L'un des fruits est resté collé à l'intérieur de l'emballage, petite tache rouge maculée de crème dans la poubelle du recyclage. Mathilde prend les fraises une à une et les mange doucement, en pleurant. Puis elle plonge un doigt dans la crème, mais où es-tu Damien, où es-tu allé t'enfuir, dans quelles rues inconnues et avec qui es-tu, qui te retient ? Quelle fée ou quelle sorcière, quelle fille assez belle pour que tu m'oublies? Il y a un trou dans la couche blanchâtre faite de ricotta et d'œufs battus en neige, la spécialité de la maison a dit la boulangère. Je connais ce gâteau a répondu Mathilde, c'est mon préféré. C'est pour mes vingt ans, si vous pouviez me mettre des bougies.

— Oh vingt ans le bel âge ! Mais vous ne les faites pas, je vous croyais encore au lycée.

— J'y suis. C'est un lycée professionnel, je finis cette année.

D'un doigt, Mathilde qui pleure massacre la couche de crème, elle y pose son empreinte et creuse des cratères, des sillons des vallées profondes, elle y définit des rivières et des ponts, y dessine son chagrin immense, ce sentiment d'abandon que lui a fait découvrir Damien.

On dit que Léonard de Vinci déposait ses glacis au doigt, parce que sous lumière fluorescente on ne retrouve pas la trace du pinceau. C'est possible, on ne sait pas. Va pour le doigt. Le glacis est fait d'oxyde de manganèse, le pigment a été broyé très finement, dans l'une des machines incroyables conçues par le peintre. Et il dépose un soupçon de cette peinture transparente, à peine colorée sur un lobe d'oreille, une joue, un nez une bouche, un contour de visage. Demain il recommencera et la Joconde, sa Joconde si extraordinaire sera légèrement différente. A peine changée, plus floue. Presque parfaite. On parlera de moelleux, d'enveloppement incertain des formes, d'hésitation du regard, on comptera les couches de glacis dans un laboratoire lyonnais, on s'écriera: trente ! Vous vous rendez compte, il en a mis trente ! Et on les mesurera, on imaginera alors le travail du doigt.

Le contraire du sfumato, c'est *le sentiment*, c'est le nom donné par les peintres à la certitude du trait, à l'évidence du contour. A une peinture dans laquelle on sait où l'on va.

Rien n'a jamais été évident entre Mathilde et Damien, en matière de sentiments. Sa seule certitude à cet instant, dans cette solitude à laquelle elle ne s'attendait pas, est le goût très sucré et très reconnaissable du gâteau, à cause de la première couche, faite d'un mélange d'huile de tournesol et de spéculos écrasés, pilés au mortier par le mari de la boulangère. Mais que peut faire une pâtisserie contre l'inconstance d'un jeune homme qui emmène sa vie avec lui quand il sort?

Car dans la pénombre d'une chambre, laquelle on ne le saura pas mais ce qui est sûr c'est qu'un colocataire dort dans la pièce d'à côté, on l'entend qui ronfle, dans cette semi-obscurité Damien suit les contours d'une hanche, d'une cuisse d'une jambe. La peau est douce, il en est étonné et il l'effleure de peur de la froisser ou d'y laisser son empreinte. Il sait qu'il faudrait qu'il rentre et rassure Mathilde, qu'il lui dise mais non je n'ai pas oublié, tu as eu vingt ans aujourd'hui mais je n'ai pas eu le temps, pour le cadeau. Enfin si, j'avais pensé à un vêtement, un chemisier par exemple, mais j'ai hésité sur la taille ou alors des macarons, tu adores ça et on en trouve de très bons au Carrousel, tu connais le Carrousel. Ou un Buffle Waffle, c'est une sorte de pâtisserie étonnante mais comment le transporter ? Et quoi mettre dedans ? Je suis entré dans la boutique, il y avait tant d'options différentes, des bonbons, des biscuits des couleurs, j'étais perdu.

Perdu.

Quand il a déshabillé Emi, Damien a été surpris par sa minceur et la blancheur de sa peau, il s'est souvenu des statuettes d'ivoire derrière une vitrine, chez ses grands-parents. Elles ont été vendues quand on a interdit la chasse aux éléphants, il ne les a jamais revues et là tout d'un coup, il a revu cette image -une femme couchée sur le côté, la tête posée sur un bras. Les cheveux noirs d'Emi, défaits, faisaient un éventail sur le lit, une figure aux contours incroyablement précis qui lui rappelait l'une de ces estampes qui circulent partout. Il aurait voulu savoir ce qu'Emi pensait de lui, de ce qui leur arrivait et si c'était là une chose sérieuse, lui-même n'osait rien avancer. Mais les yeux d'Emi ne disaient rien, ni sa bouche qui avait laissé des traces de maquillage sur ses joues à lui, sur son torse, des petits accents circonflexes qu'on aurait peints en rouge.

Le Sfumato est une affaire de tolérance, savez-vous cela ? Il faut que l'œil accepte l'ambiguïté, l'absence de limites. Seulement chez Léonard de Vinci ce n'est pas tout, mais non il y a aussi tout le travail de l'esprit, la *Curiosità*, la *Dimostrazione*, la *Sensazione* et la *Scienza*, la *Corporalità*, la *Connozione*. Le sfumato ce sont des couches de pigment les unes sur les autres, qui se contrarient. Une dispute secrète de couleurs, une démonstration vivante de la pensée d'Héraclite.

— Bien sûr, dit le peintre. Si vous voulez. Et il y a tout ce travail que je fais. Alors vous devez être prudents, pour Mona Lisa. On pourrait bien vous la voler.

En 1911, l'année de l'expédition Amundsen au pôle Sud, de la naissance du romancier Hervé Bazin et de la déclaration de la République de Chine, un Italien déroba la Joconde. Il s'appelait Vincenzo Perruggia, portait un costume à carreaux, une cravate rayée et occupait un logement dans une rue pavée étroite, près de l'Hôpital St Louis.

On ne sait pas grand-chose sur sa descendance, qui n'a intéressé personne, mais on peut apercevoir Toni sur les berges de la Seine, quand on passe à pied. Il n'est pas seul et il faut bien regarder, il y a cet amas de cartons sur son emplacement, une chambre à air, un réchaud de camping, un sac de sport de la marque Adidas. C'est la maison de Toni

Perrugia, arrière-petit fils du voleur de la Joconde. Toni ne parle pas l'italien ou alors il a oublié, depuis le temps qu'il vit ici et si vous l'interrogez à un moment où il ne dort pas, où il n'a pas trop bu, où il est bien disposé, alors il vous parlera de l'ancêtre, celui qui a chouré la Joconde vous dira-t-il. Il vous parlera de la porte cochère côté Seine que l'ouvrier italien a empruntée au petit matin, du gardien qui s'était absenté pour fumer une cigarette en douce, du tableau, du mur vide avec les quatre crochets abandonnés, tout bêtes d'être restés là. De la stupéfaction, d'une espèce de deuil national. Du troisième étage de l'hôtel Tripoli à Florence, où l'on a retrouvé le tableau. Il connaît toute l'histoire et vous la racontera avec les gestes, oh my God parce qu'il est un peu comédien comme ils le deviennent tous, à force de n'avoir plus grand-chose d'autre que leur corps ankylosé, leur visage et la possibilité qu'ils ont d'occuper ainsi l'espace et de le soumettre, de définir un périmètre dans lequel ils sont encore les rois. Avec ce luxe qu'il leur reste, de faire leur cinéma. Le vol de la Joconde constitue chez Toni une mythologie familiale, tout ce qu'il a pu garder de son ancienne vie. Car il a été chauffeur d'autobus il y a longtemps, avant que son existence ne parte en miettes, ne se répande en confettis décolorés sur les trottoirs glacés de la ville, dans ses sous-sols, sous ses bouches d'aération. Comment ?

Il ne le sait plus, n'a pas vu le coup venir. Un vrai naze dit-il, un blaireau, un enfant de chœur. Et pas méchant avec ça, hein ? Qu'est-ce que vous en dites ?

Au bord de la Seine, Toni se plaît mieux qu'ailleurs dans la ville. C'est très dangereux mais il aime regarder l'eau qui court et les péniches qui passent, il aime le reflet de la lune la nuit sur le fleuve, ces traînées argentées sur ce qui ressemble à une mer de goudron. Et parfois on lui laisse quelques pièces, une baguette ou un pain au chocolat, un paquet de cigarettes, il remercie.

— Une bouteille de vin, vous auriez ?

— Ah non, désolé.

Il connaît bien la Joconde, il est allé la voir bien avant sa dégringolade, quand il était au collège. Il avait douze ans et voulait s'échapper, partir loin des banlieues, des villes. Il se souvient de la Victoire de Samothrace immense qui l'avait épaté et d'une salle d'Antiquités égyptiennes. Il n'a pas trop fait attention aux tableaux, a préféré les statues parce qu'il pouvait tourner autour et leur toucher les fesses en riant. Le professeur de dessin qui accompagnait la classe a fait tout un discours sur Mona Lisa et il n'a pas trop écouté. Il s'est souvent demandé, comme son père et le père de son père, ce qui était passé par la tête de Vincenzo l'ancêtre. Lui, tant qu'à faire, aurait plutôt emporté une petite statue d'Osiris, pour la mettre dans sa chambre, bien au chaud. Aujourd'hui encore il a du mal à comprendre, tout comme il a du mal à saisir le cours des choses, les enchaînements de faits qui l'ont conduit jusque-là. Il se dit, pour se simplifier la vie, que ce doit être au départ une erreur des dieux, lesquels il ne sait pas. Que le parcours devait avoir été dessiné différemment, mais qu'il avait été conçu sans trop d'application, d'une manière brouillonne. D'où les arrêts imprévus et les catastrophes, les virages et les plongeons, les embrouilles et les cartons au bout. Ce n'était pas voulu, mais l'idée d'un plan divin -même raté - le rassure, lui confère une forme de respectabilité.

— Je suis un jouet cassé des dieux, je crois que ça les fait rigoler de s'être trompés et de me voir couché sur les quais, explique-t-il. Dans les tragédies c'est pareil, il y a des gens comme moi, aussi couillons et ils sont célèbres, à cause de ce qui leur arrive. Alors de quoi je me plains, vous auriez une petite pièce ?

Le descendant du voleur de la Joconde n'a pas droit à beaucoup de visites, les gens évitent les bords de Seine la nuit car on y fait de mauvaises rencontres. Et le jour ils ont autre chose à faire, des voies rapides à prendre avec leur voiture, des rues en sens unique sur leur vélo. Les bouches de métro les attendent, des autobus, des taxis. La Seine prend vite une vilaine couleur et les bouquinistes s'endorment devant leur stand, les livres ça n'intéresse plus personne. Mieux vaut donc ne pas trop regarder l'eau et s'en tenir aux ponts, les fabuleux ponts de Paris.

Un jour, Toni a pris l'escalier puis il a marché jusqu'au Louvre et sous la pyramide de verre, il a expliqué aux gens qui il était, ce qu'avait fait son arrière-grand père, qui n'était pas une flèche lui non plus. La plupart n'ont pas compris parce qu'ils ne parlaient pas le Français, quelques-uns se sont mis à rire -un rire discret, parce que Toni ne sent pas bon quand on s'approche. Mais il est reparti avec quelques pièces, il était plutôt content.

— Allez, tu dégages, lu a dit l'un des vigiles.

D'une main, il a fait signe qu'il était bien d'accord, qu'il n'avait plus qu'à s'en aller le plus vite possible, que ce n'était pas tout à fait un endroit pour lui.

Le niveau de la Seine a monté d'une façon alarmante mais les pluies se sont enfin arrêtées. Elles devraient reprendre dans la nuit pour gâcher le week-end des Parisiens, les inquiéter et puis voilà, voilà que tu t'es endormie. Tu dors en plein jour Mona Lisa mais tu as raison, profites-en, il n'y a pas le chahut ordinaire, le bruit des talons sur le parquet, les portables qui sonnent, les voix qui s'interpellent, il n'y a personne, Paris est inondé et ils ont fermé le Musée. Les voies sur berge sont impraticables, il n'y a plus aucune péniche sur la Seine, même plus de pigeons sur les toits.

Dors, va-t'en rejoindre les amants de Florence et oublie la France, durant le voyage le balancement sur les flancs du mulet te rendait malade, tu t'en souviens ? Oublie Milan, Salaï ne s'est pas beaucoup occupé de toi quand il t'a récupérée, il faut croire que tu ne l'intéressais pas, il te trouvait trop sérieuse, trop habillée, trop femme surtout. Pense plutôt aux boucles blondes de Lorenzo, à sa bouche qui disait des mots d'amour, à ses mains sur celle qui te ressemblait tant et sens les caresses sur cette partie de ton corps qu'on ne voit pas, sur ta taille, tes hanches. Et rêve. Promène-toi dans les ruelles de la ville mais évite les Palais et les places, évite l'Eglise. Ils ont voulu chasser les Médicis et ils ont tué Julien, dix-neuf coups de couteau, une boucherie. Laurent a été blessé à la gorge, il s'est caché dans la sacristie de Santa Maria del Fiore, a survécu et s'est montré à la foule avec son bandage, on l'a acclamé. C'était une drôle de scène, cet homme meurtri qui levait les bras. Ensuite il s'est vengé, il a fait se balancer les corps aux fenêtres, a fait pendre le vieux Pazzi. Tu aurais vu l'ambiance, dans la ville la plus fière d'Italie et si tu n'y prends pas garde, tu marcheras dans les flaques de sang, il y en a partout. Tu seras étonnée et prise de nausées, tu avais oublié ces violences, au Musée ce n'est pas toujours calme, loin s'en faut mais on ne se tue pas et il y a des vigiles à l'entrée.

Un homme plus tout jeune marche en ce moment dans Paris, il se tient voûté parce qu'il est triste et que tu ne le regardes pas, il en profite pour se laisser aller à l'oblique. Tu vois de qui l'on parle ? Cet homme t'aime, Mona Lisa, il est certainement l'amoureux le plus parfait que tu auras pu connaître, dans ta si longue existence. Lui ne s'interroge pas sur tes glacis, sur le sentier qui se trouve derrière toi, sur ton sourire qui t'exaspère à la fin, depuis le temps qu'on en parle. Il ne pose pas de diagnostic sur l'état de ta planche, sur l'état de la peinture partout sur ton visage et sur tes mains, il ne regarde pas tes radiographies étranges où l'on ne comprend rien parce que l'œil s'y embrouille. Il n'a lu aucun roman sur toi, aucun essai aucun rapport scientifique, il ne te trouve pas mystérieuse, il te trouve belle, il dit elle est la plus belle des femmes, elle est plus belle encore que Marylin Monroe, que Greta Garbo, que les femmes des tableaux de Botticelli, je vous assure, regardez-la deux minutes. Mais il ne dit pas le reste.

Ce que sa main fait dans son pyjama en pensant à toi, certains soirs.

Ce qu'il se figure, les histoires qu'il se raconte, ce vieux schnock.

Et ça te fait rire, tu exagères et si tu savais ce qui l'attend. Dors au lieu de te moquer de lui, il t'aime tant et pourquoi ne pourrait-il pas t'adorer comme le font les hommes, avec cette façon vieille comme le monde qu'ils ont d'aimer les femmes ? Pendant que tu dors, la Seine déborde et envahit ses rives, la circulation est impossible sur les quais inondés, c'est le bazar à Paris, le RER C est fermé. Les SDF des bords du fleuve ont plié bagage, les cartons sont trempés ils ne servent plus à rien, les sacs, leurs vêtements, il n'y a plus rien de sec. Au petit matin ils sont tous montés vite fait et se sont installés sur les trottoirs, à distance. Ils râlent parce que c'est déjà assez difficile comme ça, cette vie que la vie leur fait. Et maintenant la pluie, la pluie qui change les rues de Paris.

Près de l'Hôtel de ville, Bertrand Monnier marche à petits pas en regardant ses chaussures, qui ont pris l'eau. Il se dirige vers son Musée fermé au public, il sait qu'il n'entrera pas mais qu'il sera ainsi près d'elle. Il surveillera la montée des eaux et fera un scandale si jamais elle se trouve en danger. Il hurlera dans la rue, arrêtera les passants, demandera la police, les pompiers, une ambulance, les hommes du GIGN. Il offrira sa vie contre la sienne, promettra de donner tout ce qu'il a.

— Vous exagérez lui répondra-t-on. Calmez-vous. Et puis l'eau menace les réserves du sous-sol, pas les étages. C'est n'importe quoi de crier comme ça.

Sur le trottoir désert, un homme est allongé et il se repose, ses vêtements commencent à sécher mais il a encore un peu froid. Quelqu'un est allé lui chercher une couverture, il a remercié, demandé s'il pouvait avoir aussi un oreiller et une cigarette, celui qui ne demande pas il n'a rien, dit-il et les passants pressent le pas, détournent la tête. Il s'appelle Toni, mon aïeul était un sacré voleur dit-il aux passants, c'est lui qui a volé la Joconde. Moi je suis l'honnêteté même.

Bertrand Monnier ne regarde pas devant lui et bute sur les pieds de Toni, qui crie qu'on peut faire attention Nom de Dieu, on n'est pas des bêtes. Bertrand s'excuse il est confus, c'est pas grave dit

Toni, ça ne vous empêchera pas d'aller au Paradis et si vous aviez une petite pièce.

Une petite pièce ça m'arrangerait, ça me ferait voir la vie en rose et moi j'aime bien les couleurs, le vert de l'herbe et l'ocre des chemins et le bleu du ciel.

Mathilde n'a plus vu Damien depuis le soir de son anniversaire. Elle a vingt ans depuis un mois et dans le studio qu'ils occupaient ensemble, il n'y a plus que deux robes, une dizaine de jeans à peu près à sa taille, trois pull-overs en laine épaisse et une quantité difficile à évaluer de T shirts sombres pas repassés. Il y a aussi une paire de Converse bleu marine à lacets blancs, des pantoufles en tissu synthétique, des tongs et deux paires de bottines en cuir, un sac couleur fauve avec deux poches extérieures -l'anse se découd et va bientôt lâcher, un poster au mur et un calendrier des postes abandonné quelque part dans la cuisine. Damien est passé prendre ses affaires, en l'absence de Mathilde et en rentrant de ses cours, elle a retrouvé le studio tout démuni de sa présence, de sa voix et de ses gestes familiers, de sa façon de s'affaler sur le canapé et d'étirer ses jambes, de sa façon de s'endormir sur le dos, bras écartés. Reste son odeur, tenace, plutôt dans la salle de bains. Son odeur sur une serviette qu'il a oubliée. Un rasoir, une savonnette, un peigne, quelques cheveux sur le lavabo. Peu de choses, d'infimes fragments de présence. Mathilde ne pleure plus, elle n'a plus de larmes mais son visage se penche comme celui de la Vierge qui contemple son fils. Mathilde est devenue une Vierge Marie des Piétas, une amoureuse dolorosa et dans sa tête résonne encore la voix de Damien et sur sa peau demeurent les traces de ses doigts, Mathilde ne se défait pas de lui.

— Je crois que j'ai la grippe, dit-elle à la secrétaire du lycée quand elle appelle.

— Encore ? Mais vous avez une petite santé, vous. Il vous faudra un certificat médical au-delà d'un jour d'absence, vous êtes au courant ? C'est dans le règlement.

— Oui, bien sûr.

Mathilde a raccroché. Elle a aujourd'hui rendez-vous avec le chagrin, un putain de chagrin dit-elle.

Et aujourd'hui on peut dire que ce chagrin qu'elle porte sur ses épaules et dans sa poitrine depuis des semaines s'est durci, on jurerait qu'il s'est sédimenté et s'est fait pierre à l'intérieur du corps. Les mâchoires de Mathilde sont douloureuses, bientôt elle imagine que sa bouche restera ouverte sur un cri, qu'elle ne pourra plus jamais la refermer. Ses lèvres brûlent et sa main tremble pour attraper les choses. C'est ce que d'autres nommeraient colère, elle-même n'en sait rien, dispose de peu de vocabulaire de toute façon, au lycée professionnel on lui apprend des termes techniques, un lexique qui n'a pas de sentiments.

Streaking et Highlighting, défrisage-aplatissage

Coupe dégradée, étagée, coupe wedge, mèches au papier.

Avec ce qu'on peut appeler raisonnablement « une colère immense agrippée à elle comme un oiseau de proie », Mathilde sort de chez elle et prend le métro. Elle n'est pas maquillée, pas coiffée, elle est une Madone défaite, une Vierge aux mèches rebelles en jean troué aux genoux. Elle sort du métro à la station Louvre-Rivoli et se dirige vers la galerie du Carrousel. Elle veut voir Emi pour avoir une idée de son corps, de son visage. Elle veut connaître le noir de ses cheveux, la couleur exacte sa peau. Elle veut voir à quoi ressemble une Japonaise qui lui a pris le garçon qu'elle aime.

— Je cherche les Bubble Waffle.

— Juste devant vous. On a reçu des assortiments salés, si vous préférez, c'est nouveau.

Mathilde contemple les légumes colorés découpés en julienne, les beignets-miniature couleur de terre et devant elle le visage d'Emi, pas si joli, fait une tache pâle dans la boutique. Emi ne sourit pas à tous les clients, elle le fait quand ça lui chante et là, sa bouche très rouge laisse apparaître ses dents.

— Vous choisissez, vous me dites et je vous sers.

Dans la baie de Naha, les pêcheurs sortent très tôt avec leur bateau. Le père d'Emi tient à pêcher lui-même ses thons rouges qu'on dit menacés de disparition mais ils en ont de bonnes avec leurs études. Entre la protection de la faune marine et le père d'Emi, il y a trente ans de pêche et trois générations qui ont lancé les filets tout au fond de l'Océan et tiré les fils et assommé le thon qui avait succombé à l'odeur de l'appât. Ils ont planté un long couteau au niveau des ouïes et alors la mer s'est couverte de sang, il y a eu ces traînées rouges sur la surface presque noire. Puis ils ont hissé le thon sur le bateau, ont ouvert son ventre en s'y reprenant parfois à plusieurs fois et ont dégagé ses entrailles. Depuis plusieurs générations, les goélands guettent ce moment car le pêcheur leur tend les viscères brûlants, ils adorent ça. Avant, juste avant, le thon argenté dépourvu d'écailles avançait dans la mer avec sa gueule ouverte, il pouvait parcourir des milliers de kilomètres ainsi, avec l'oxygène venu doper son sang, le rendre vaillant, une Ferrari des mers. Avant aussi, avant que le bateau de pêche ne l'agite en traçant trois lignes d'écume, la mer ressemblait à un lac paisible.

Le père d'Emi est rentré au port avec le thon énorme, il a ôté sa veste à capuche, sa casquette et a montré son butin à sa femme. Du désordre d'écume est sortie la bête, c'est une très belle prise et il y aura de quoi satisfaire les clients. Du restaurant, on voit la baie à présent très bleue et les montagnes vertes qui l'enferment et toutes les funayas blotties, collées bien serrées.

— Va vite te laver dit la mère d'Emi, la petite va appeler.

Tous deux ont enseigné à Emi l'obéissance mais jamais n'ont élevé la voix, jamais ne l'ont punie, jamais n'ont levé la main sur elle. Ils lui ont appris le respect des anciens, l'ont invitée à écouter les paroles pleines de sagesse de leurs propres parents. Ils ont dit à Emi de respecter les autres, les animaux les objets, on ne casse pas les choses Emi lui expliquaient-ils, casser un bol c'est lui faire du mal, alors fais attention. Et si une telle chose se produit, alors excuse-toi. Ils lui ont appris à aider au restaurant dès qu'elle a été en âge de le faire, à dresser les tables, à servir les clients, à débarrasser, à essuyer les verres. Et la mère- parce que le père ne voulait pas parler de telles choses très gênantes- la mère d'Emi a dit à sa fille de se méfier des hommes, de ne pas les laisser l'approcher car alors ils la souilleraient. Pour cette chose-là si particulière, la mère disait qu'elle avait le temps, que même à Tokyo et dans les autres villes les filles prenaient le temps.

— Promets-moi, s'il te plaît.

Emi a promis. Mais elle voulait voyager, car à Naha la vie était lente, les journées se ressemblaient et les pensées se perdaient dans la brume qui montait de la mer. Emi pensait dans son innocence qu'ailleurs ce serait beaucoup plus distrayant, du moins plus varié. Elle n'avait pas imaginé à quel point ses parents lui manqueraient, et les odeurs de la maison et la mer, surtout la mer. A Paris la Seine était sale et ne bougeait pas.

Emi n'a pas tenu toutes ses promesses et elle espère que ses parents ne s'en rendront pas compte. Chaque fois qu'elle les appelle sur Skype, elle se demande s'ils peuvent apercevoir quelque chose sur son visage -ce qu'elle fait avec les hommes et les garçons de son âge. Elle se demande si faire l'amour laisse des traces sur les écrans, une rougeur, une ombre et si la bouche du manager, de Damien ou des autres sur elle, sur son corps, finit par dessiner à travers les ondes des lignes mouvantes comme des parasites.

— L'image est brouillée, dit son père et je t'entends mal, attends on se déplace.

Elle préfère chasser ces pensées, passe sa main dans ses cheveux noirs afin qu'ils dessinent une ligne parfaite. Et elle contemple le visage fardé de sa mère, sent son parfum à distance.

— J'espère que tu ne t'es pas mise à fumer, dans les grandes villes il y a toujours quelqu'un pour vous faire faire des bêtises.

— Mais non, ne t'inquiète pas.

Après le meurtre, une fois le pont du bateau nettoyé à grande eau, le thon rouge débarrassé de ses viscères a une nageoire dressée vers le ciel, comme un étendard et ça tient tout seul, c'est pointu et inamovible. Il existe des thons plus fiers que d'autres ou plus gorgés d'espoir. Plus récalcitrants aussi, prêts à manifester contre leur extermination.

Il existe aussi des jeunes filles fières à qui on ne la fait pas, des filles qui lèvent le poing, se redressent autant qu'elles le peuvent, se hissent sur la pointe des pieds s'il le faut et Mathilde n'en fait pas partie. Les légumes découpés ont perdu leurs couleurs, les beignets sont tout luisants d'huile de friture, elle n'a plus faim, plus envie de se tenir debout au milieu de ce magasin, plus envie de rien.

—Je n'aime pas trop le salé, dit-elle à Emi en s'éloignant de quelques pas.

Mais ce travail insensé sur un détail, un cil, un fragment de peau, un morceau de roche, ce travail jamais fini.

Dans l'atelier où Salaï terminait sa Monna nue - ton *laidron* disait le peintre, *questa brutta* mais puisque ça t'amuse de peindre une femme pareille, une fille - le pinceau très fin a corrigé la couleur des sourcils de Mona Lisa. Un à un il a modifié les poils, les petits traits qui disparaîtront longtemps plus tard, quand on nettoiera le tableau n'importe comment. La main droite de Léonard de Vinci a tenu le pinceau et c'est avec cette main qu'il a déposé une nouvelle couche de glacis, un autre jour -un jour où la lumière était différente, où son humeur avait changé parce qu'il avait attrapé une maladie, la malaria ou un mal de ce genre. Car il lui semblait qu'il manquait encore quelque chose, un très léger reflet ou une profondeur, une vibration, un fragment infime de vie. C'est avec cette main aussi qu'il a tant de fois caressé Salaï, ce qui n'est pas écrit dans les livres parce qu'on le dit généralement gaucher, ce chenapan aime que je le touche devant les autres disait le Maître, il faut qu'il se rende intéressant, qu'il soit le centre du monde.

Il est neuf heures trente, la grande affluence du matin commence à se calmer sur toutes les lignes de métro. Les employés des bureaux ont laissé la place aux étrangers en voyage, c'est le turn over des sous-sols, la relève. Les femmes tout à l'heure penchées sur leur livre jamais fini ont quitté les rames, elles ont tout à coup levé les yeux et corné une page, rangé le volume au fond de leur sac, là où se trouvent une brosse à cheveux, un paquet de kleenex, une boîte de Doliprane, un rouge à lèvres. Et des hommes en cravate encore ensommeillés les ont regardées, se sont demandé laquelle était la plus attirante, avec laquelle ils aimeraient déjeuner au bas des tours, sur les terrasses au soleil. Sur les quais on parle anglais, italien, espagnol, indou, il y a des couples amoureux et des familles avec des enfants sages et Emi attend son métro. Près de la grille de la station Nation, en haut de l'escalier, elle a remarqué deux SDF installés sur le trottoir, parce que l'un des deux parlait fort.

- C'est moche ce quartier, disait-il à l'autre. Je reste une heure et je m'éjecte. Tu as l'heure quelque part, toi ?

Emi a tourné la tête vers lui, il lui a souri et lui a demandé une cigarette.

— Si on ne demande pas on n'a rien, a-t-il ajouté. Vous auriez l'heure, sinon ?

— Neuf heures et demie je crois. Mais je ne fume plus, désolée.

—Tant pis, mes amitiés au Japon. Ou à la Chine, vous êtes Chinoise ou Japonaise ? Ou les deux ?

Emi n'a pas répondu et s'est hâtée vers le quai. A Naha il n'existe pas d'hommes de cette sorte, qui vous interpellent et dorment dehors. Chez elle, les hommes les plus misérables dorment à l'intérieur des bateaux et ne demandent rien, surtout pas un regard. A Tokyo, à Osaka à Nagoya c'est sûrement différent se dit Emi, là-bas il y a des tours, du bruit et des lumières partout. Mais Naha est un village.

—Tu te sentiras perdue, disait son père avant qu'elle ne quitte le Japon. Mais ta mère et moi, nous t'avons appris à t'y reconnaître, il suffira que tu te concentres. On peut toujours s'approprier les choses et pour les villes c'est pareil. Tu chercheras le bon chemin et tu verras, il est toujours éclairé.

Emi n'a trouvé que les lumières du Carrousel et la ligne 1 du métro, de Vincennes jusqu'au Pont de Neuilly. Et quand on lui demande ce qu'elle pense de Paris -c'est la première question que lui ont posée le manager, puis Damien lui-même, c'est la première question que lui posent tous les hommes- alors elle éclate de rire.

— Ça veut dire quoi ce rire ? Tu n'aimes pas ?

—Je ne sais pas, pourquoi voulez-vous toujours tout savoir, ici ?

Elle a choisi une place assise contre la vitre et si elle était cartomancienne, elle sortirait ses rois, ses reines, les poserait sur ses genoux et devinerait parmi ces figures, à défaut de l'avenir qui l'attend, la silhouette tragique de Bertrand Monnier, assis exactement à la même place une heure plus tôt. Encore mal réveillé -il a très peu dormi – et terriblement préoccupé par le sort de sa Madone, et par le sien. Ce déplacement de la Joconde vers la grande salle Rubens, c'est incroyable et que comptent-ils faire de lui, de cette chaise qui est la sienne depuis dix-sept ans ? Ont-ils imaginé une seconde une séparation, un bannissement, un exil ?

— Tout ça ne va pas être facile, a averti la direction. Il va y avoir un monde fou, nous sommes en pleine saison. Il faut s'attendre à pas mal de récriminations de la part des visiteurs. Mais ça va le faire. Et nous n'avons pas le choix, de toute façon. Il faut que les travaux avancent.

Dans le métro, Bertrand a tourné son regard vers la vitre, comme le fait Emi à cet instant. Il n'a vu qu'un défilé précipité de gris, des graffitis indéchiffrables, des marques incompréhensibles laissées par les services d'entretien électrique. Et tous deux ont scruté l'un après l'autre, à une heure d'intervalle, les murs souterrains de Paris. Ils l'ont fait sans plus bouger du tout, dans une recherche obstinée de quelque chose qui puisse ressembler au bonheur, dont tout le monde parle. Quelque chose de lointain, d'assez inaccessible en dépit de tout ce qu'on peut dire, une béatitude fuyante comme ce paysage urbain en accéléré. A un moment, Emi s'est même endormie, le cerveau embué par l'obscurité du sous-sol. Car faire l'amour une nuit entière n'invite pas à des matinées légères. Et comment expliquer à Damien qu'elle aurait préféré dormir et qu'il faudrait qu'il la laisse tranquille ?

— Respecte toujours les autres, disaient ses parents. Fais ton possible pour ne pas les heurter, ne t'oppose pas comme un mur à leur volonté, plie-toi si tu le peux. Fais comme l'arbre que tu vois là.

Alors Emi nue sur le lit a rampé le long du corps de Damien, s'est étirée, arcboutée, a emmêlé ses jambes aux siennes et Damien a pensé qu'elle n'était finalement pas si indifférente, en tout cas un peu moins distante. Et il s'est rendu compte qu'il était en train de tomber amoureux, amoureux fou de sa Japonaise.

— Je dois me lever, a dit Emi quand le réveil de son portable a sonné. Toi, tu restes couché ? Tu ne travailles pas ?

— Mais si. Je remplace un gardien, ils ont déplacé la Joconde. Je t'ai déjà parlé de Bertrand ?

— Non. Un autre jour, je vais être en retard.

En haute mer au large de Naha, parfois les goëlands en ont assez de suivre les bateaux de pêche, ils sont gavés de viscères de poissons et alors ils fuient vers l'horizon et leurs ailes dessinent des signes dans le ciel, comme une écriture. Vouloir les rattraper serait folie.

Quand Emi est repassée dans la chambre pour récupérer son téléphone, Damien encore allongé a remarqué ses cheveux attachés en une queue de cheval très haute et c'est cette coiffure qui nous permettra de la reconnaître de loin, à la fin.

— Je m'inquiétais Bertrand, où étiez-vous ?

Au milieu du vacarme des musées les jours de grande affluence, il y a ces paroles qui s'entendent à peine et se frayent un passage parmi les voix et les bruits de pas. Elles appartiennent à une langue obscure venue de l'esprit de celui qui contemple l'œuvre de très loin. Une langue inventée par lui à force de regards, de cohabitation, née d'une intimité qui s'est formée avec le temps. Mona Lisa s'est inquiétée, on l'a transportée dans cette salle et elle se sent perdue. Bertrand aussi, qu'on a déplacé, quatrième travée droite, Saint Sébastien, Botticelli.

— Mais non, c'est un très bel endroit aussi, une salle fameuse. Il y a Marie de Médicis derrière vous.

Derrière Mona Lisa, celle qu'on a appelée *la grosse banquière* débarque à Marseille, elle va épouser Henri IV, elle est heureuse et fière, son regard s'en va très loin et passe par-dessus la tête des autres, tandis qu'eux s'agitent, la demoiselle d'honneur les ministres les bouffons les anges les marins, tout un petit monde nerveux. Mona Lisa ne bouge pas, elle. Ou alors elle tremble -un peu, imperceptiblement. Le fameux sfumato.

— Je m'inquiétais, je vous attendais.

— Je ne peux pas être là. On m'a déplacé, moi aussi.

Bertrand Monnier lui expliquera. Il lui parlera alors des travaux nécessaires dans la Salle des Etats et de Damien qui a pris sa place.

—Vous savez, ce jeune homme qui ressemble tant à Salaï. Vous souvenez-vous de Salaï, l'ami du peintre ?

Il lui dira les files d'attente invraisemblables pour le contrôle des billets, les escalators arrêtés car il y a trop de visiteurs. On a installé des piquets et tiré des cordons de sécurité devant elle, comme dans les parcs d'attraction.

— C'est plutôt joyeux, ce dispositif autour de vous.

—Vous n'êtes pas joyeux.

Marie de Médicis porte bien son nom, elle est altière et intrigante, affamée de pouvoir comme toute sa lignée, elle est Médicis comme ce n'est pas permis. Elle part en guerre contre son propre fils, parce qu'elle veut conserver son trône et jamais Lisa del Giocondo n'aurait fait une chose pareille. Jamais elle n'aurait sacrifié l'un de ses deux enfants, ou peut-être l'aurait-elle fait pour Lorenzo, peut-être aurait-elle pu disparaître avec lui, quitter

Florence et tout abandonner -l'histoire a fini d'une façon beaucoup plus ordinaire, par lassitude, manque de désir, je crois que nous ne nous verrons plus, a dit un jour Lisa del Giocondo à son amant, en prenant de grands airs. Marie de Médicis ne désire rien d'autre que le pouvoir et supporte les infidélités du roi, sur les vingt-quatre tableaux de la Salle Rubens elle ressemble à une grosse duègne très grasse, toujours engoncée dans un col immense et Lisa paraissait si jeune, on croirait votre fille disait-on à Francesco. La Reine apportait avec elle une dot de six cent mille écus d'or, elle avait deux mille personnes à son service et Lisa, Lisa… oh Lisa comme Mona Lisa te ressemble.

— Peut-être que j'aime les deux, dit parfois Bertrand Monnier.

Puis il se reprend, semble réfléchir, non je n'aime que cette femme sur ce tableau. C'est avec elle que je parle, l'autre ne parlait que l'Italien, je ne pourrais pas la comprendre. Et elle n'était pas si intéressante.

— Je m'inquiétais, je ne vous vois plus et il y a tant de monde. Qui est ce jeune gardien qui vous remplace ? Vous m'avez dit son nom et j'ai déjà oublié, pourquoi n'êtes-vous plus auprès de moi ?

— Je ne sais pas… il y a toutes ces choses que je ne comprends pas, ces décisions administratives au fond des bureaux…

Il est un peu plus de dix-huit heures et il fait encore chaud dans les rues de Paris, une journée caniculaire a-t-on dit à la radio, on croirait l'été 2003, l'été brûlant et Toni s'est allongé face à la Seine sur l'un de ses cartons, la chaleur ça me tue dit-il quand on s'approche et si vous aviez une petite pièce, pour que je boive quelque chose. Mona Lisa a été prise mille deux cent fois en photo depuis ce matin, avec ses mains jointes et son sourire, toujours. Et sa rivière et le pont et les roches dressées et les arbres au loin. Damien se trouve assis à la place que devrait occuper Bertrand, à plusieurs mètres du tableau qu'il a à peine regardé. Il se dit qu'il a faim depuis un bon moment mais qu'il n'est pas un ogre non plus, qu'il pourra bien attendre la fin de son service. A la station Louvre-Rivoli qui a été refaite, le quai est bondé et si l'on s'y prend à deux fois, parmi les voyageurs qui attendent le métro en soufflant, on peut apercevoir la silhouette très menue d'Emi, reconnaître ses cheveux attachés haut sur le crâne. Elle se tient immobile sur le quai, étrangère aux bruits des conversations, absente -c'est ce que pense souvent Damien, que cette fille est absente au monde, à la vie et qu'est-ce qui m'arrive se dit-il, je suis amoureux d'une absente, d'une ombre qui un jour pourrait s'effacer. Emi a servi quatre-vingt-dix clients à la Yogurt Factory, des petits des gros, des familles avec des enfants, des filles de son âge. La plupart étaient étrangers et si on l'interrogeait, elle pourrait dire que de cette journée elle gardera le souvenir d'une Française incapable de se décider, que chaque jour échappe à l'anonymat de la clientèle un visage particulier. Celle-là avait des cheveux bouclés, des yeux comme ceux de la Vierge qu'ils vénèrent par ici. Plus brillants peut-être, plus sauvages, moins francs.

— Si vous voulez je choisis pour vous, lui a-t-elle dit à la fin, parce qu'elle ne se décidait pas.

Glace à la vanille, Smarties et noix de cajou, je pense que vous allez aimer a dit Emi. En tout cas moi, c'est le mélange que je préfère.

La Française a remercié, Emi l'a trouvée plus jolie que les autres, que toutes les filles qui étaient entrées ce jour-là dans la boutique. Elle s'est dit aussi en la voyant s'avancer qu'elle devrait essayer un jean troué aux genoux elle aussi, que ça lui irait peut-être. Mais qu'une telle tenue ne plairait pas du tout à ses parents, qu'il lui faudrait s'assurer que le pantalon n'apparaisse pas sur l'écran. Quand elle ne travaille pas, Emi ne sait jamais comment elle doit s'habiller, c'est pourquoi elle garde généralement son uniforme. Jupe noire, pull noir, petite poupée japonaise aux cheveux noirs. Petit corps gracile que les hommes se plaisent à dévoiler.

Avant de quitter la Yogurt Factory, Emi a demandé une cigarette au nouveau manager, qui s'est moqué de ses bonnes résolutions -j'en étais sûr ! a-t-il lancé en lui tendant une Marlboro filtre. Elle a fumé sur les trottoirs brûlants et ses cheveux, son chemisier sont imprégnés une nouvelle fois de cette odeur si familière.

Et sur un trottoir tout proche du métro, au milieu de cette bousculade de sortie de musée, de sortie de bureaux désormais éteints portes fermées, de cafés bruyants, de magasins pour touristes et de jardins ombragés où se reposent tous les pigeons de Paris, il y a Bertrand Monnier. Il a laissé Mantegna et Botticelli, a erré un moment dans les couloirs du Musée, a fait des pas au hasard de salle en salle comme un homme qui cherche encore sa place. Il a évité le regard de sa Madona et la silhouette de Damien, a fui l'image catastrophique des murs gardés par un autre.

— Nous savons l'estime que vous avez pour ce garçon, Bertrand et il nous a semblé…

Il vient de s'éloigner définitivement de celle qu'il aime, de s'en aller encore plus loin d'elle, si loin. Il espère qu'il ne lui arrivera rien dans cette salle qui n'est pas la sienne, devant cet alignement de tableaux qui parlent d'une autre femme. Il espère que tout ira bien, qu'on la remettra bientôt à sa place et qu'elle vieillira à son aise, tout doucement sans qu'on s'en aperçoive. Qu'elle l'oubliera, aussi. Si tout se passait comme les autres soirs, il rejoindrait à présent l'entrée du métro, annulerait déjà, en marchant jusqu'à la rue de Rivoli, les minutes et les heures qui viennent - les heures creuses. En ferait une boule d'ennui, d'absence de vie qu'il remplirait ensuite bon an mal an d'occupations ordinaires -passer prendre une baguette tant que la boulangerie est encore ouverte, trier le linge, fermer les volets, mettre une casserole sur le feu -autant d'actions insignifiantes qu'il ne pourra plus jamais accomplir et qui a posteriori prendront l'allure d'actes sacrés, parce qu'elles auraient dû se faire et qu'un grand blanc les aura remplacées. Un saut dans l'inconnu, un départ définitif.

Mais qui pourrait faire attention à lui pour l'instant, qui remarquerait sa démarche soudain épouvantable, cette façon très raide de projeter ses jambes en avant, ses bras ? Ce corps penché, bloqué dans une diagonale ? Bertrand avance dans la foule des villes et son désespoir si grand se perd dans la cacophonie des moteurs des klaxons, dans le brouhaha des voix, dans les portes qui s'ouvrent et se ferment, dans les rires, les exclamations de surprise, les réprimandes, les mots d'amour.

Et qui prêtera attention à Mathilde, qui avance quelque part sur le trottoir opposé, avec à la main ce qu'il reste de son Bubble Waffle? Quel regard gêné par les derniers rayons du soleil remarquera son visage de Madone plus pâle que d'ordinaire et la colère qui met du noir à ses yeux ?

Emi n'est même pas jolie et elle aurait voulu l'attraper comme on le fait d'un insecte qui vole.

Les voilà réunis dans le périmètre du drame à venir - un musée un trottoir un fleuve un couloir un quai - et leurs pensées flottent dans l'air saturé d'un sous-sol, dans l'air vicié de la ville. Elles font des bulles qui voudraient ensemble s'échapper, pousser les murs et crever les plafonds, pousser la foule et vider la Seine. Elles n'ont pas du tout l'intention de rester enfermées, le ciel de Paris peut être si beau parfois. Ce sont des pensées gourmandes, des pensées malheureuses, des pensées vagabondes ou inquiètes et des pensées furieuses, il y a de tout car il n'était pas prévu qu'ils se retrouvent tous ensemble et ils ne se sont pas accordés.

Le ciel c'est ce qu'il y a de plus dur à peindre, dit Toni aux gens qui passent et répondent que oui, sûrement, qu'il doit avoir raison, que les mains aussi sont très difficiles à reproduire. Toni ne connaît rien à la peinture, il y va au flan mais pourrait vous parler des heures des nuages qui courent après la lune au-dessus de la Seine, des flocons roses au bas du ciel, de choses comme celles-là qui l'épatent.

— Et une petite pièce pour mon dîner, vous auriez peut-être ?

Les rivières immenses ce sont les veines et Bertrand Monnier a sauté dans la Seine, lui qui ne s'était jamais attardé sur le paysage peint derrière la Joconde, la si joyeuse. Lui qui disait que ce n'était pas le plus important, que le sujet c'était elle, seulement elle. Il a sauté parce que son chagrin était immense, parce qu'on lui avait enlevé sa Madona, sa vie. Parce qu'un autre l'avait désormais devant lui avec ses mains jointes, son voile à peine visible, ses paupières comme des palourdes, sa bouche indécise, oh toutes ces choses qu'il avait apprises par cœur, qui lui appartenaient. Et la Seine qui savait tout cela l'a emporté.

Il a sauté, l'eau était sale et il l'a laissée entrer dans ses bronches, dans ses poumons, par jalousie par dépit par amour, par cet amour insensé qui emplissait sa vie. Il s'est penché vers le fleuve, jambes à peine pliées et il a sauté comme un animal, les deux poings plaqués contre son cœur. Qui l'a vu faire ? Un homme dans une péniche peut-être ou un vagabond nommé Toni tout à coup redressé, ou bien un couple qui courait, la femme derrière l'homme déjà essoufflée. On l'ignore. Mais sans doute était-il temps qu'il se décide à cette chose-là, si hasardeuse. Qu'il rompe avec sa petite vie et aille s'aventurer dans le grand mystère du tableau, fait d'espaces inconnus où se perdre, où se noyer où se faire attaquer par des bêtes. Sans doute fallait-il qu'il laisse tomber sa Madona aux mains jointes, au sourire qui n'est pas un sourire. Et qu'il saute les bras repliés pour s'en aller suffoquer dans ce qui fait la vie au-delà des siècles et des frontières, dans ce foisonnement voulu par le peintre – un fleuve avec des bateaux à quai, des gens qui passent, une eau changeante encore miroitante sous le soleil d'un soir d'été. On a dit ensuite de lui qu'il était *un malheureux*, parce qu'il avait accompli cet acte insensé et si violent, comme d'autres avant lui. On s'est interrogé sur sa vie, sur ce qui avait pu lui arriver et personne n'a pu deviner l'ombre d'une vérité, mais pourquoi était-il si désespéré celui-là, au point de vouloir mourir ? Moi je le sais, je connais la tragédie des chaises, l'un s'en va et l'autre s'assied à sa place. Ce que je peux dire aussi est que j'ai regretté sa disparition et que je ne me suis plus approchée du tableau, de peur de reconnaître l'endroit où il s'est assis tant de fois, d'apercevoir un vide, un trou béant quelque part dans la salle, de sentir la tristesse qui rôde encore entre les murs. Je ne sais pas qui a été choisi pour le remplacer après le départ de Damien, sans doute un autre stagiaire ou une nouvelle recrue. Personne n'avait très envie de s'installer là, c'est plutôt glauque disaient les gardiens, après ce qui est arrivé ça met mal à l'aise et il y a suffisamment de postes vacants dans le musée. Ont-ils finalement choisi un homme, une femme ? Je n'en sais rien et qu'importe, ce n'est plus lui. Et que dire d'autre à présent ? Que Bertrand Monnier est devenu pour moi une sorte de figure emblématique, celle de l'homme amoureux, éperdument amoureux, ce qui n'est pas rien. Et qu'il se tient désormais dans ma tête, toujours immobile, les jambes pliées le dos droit, les mains sur les genoux. Indélogeable, comme éternel. Vêtu d'un costume qui ne se délavera pas avec le temps, ne se tachera pas, ne feutrera pas, ne se déformera pas au lavage. Un costume sur mesure avec sa veste trop large parce qu'on s'est trompé sur les tailles au départ. Avec sa voix qui déraille, ses plaisirs secrets que je me garde bien d'imaginer, ses emballements silencieux, le soir avant la ronde des gardiens dans l'enfilade des salles vides.

Quant à Mona Lisa, on a prétendu -Damien le premier, quand il a été capable d'arrêter de trembler et de prononcer une parole- que son sourire avait légèrement changé. Une modification infime, quasi imperceptible, un très fin soulèvement des commissures, peut-être- comme un salut ou une révérence, un applaudissement. Une reconnaissance, enfin. Mais on a dit tant de choses sur ce sourire.

Les rivières ce sont les veines, les rochers ce sont les os et le vieux peintre si célèbre est entré dans la salle. Il ne vient pas souvent, d'ordinaire il évite mais cette fois, il sait que c'est la fin de quelque chose. Il sent le sang qui bat à l'intérieur de ses tempes, le cœur qui pompe plus fort et plus vite qu'à l'ordinaire, les os qui brûlent comme si l'on y avait mis le feu et c'est étrange pour un être qui n'existe plus que dans les livres. C'est qu'il a remarqué un changement dans la salle de sa joyeuse, où il s'est décidé à entrer. D'autres jambes pliées, d'autres mains qui s'agitent et des doigts qu'il ne reconnaît pas et pianotent à mort sur les cuisses, ça sent l'ennui de loin, ça sent le temps lourd impossible à secouer, ça sent une petite faim, une petite soif, une envie de se lever et d'envoyer balader la foule des visiteurs. Ce n'est plus Bertrand Monnier sur cette chaise et le Maître qui s'était habitué à lui se dit que lui-même est bien comme les autres, attaché à ses images coutumières, rétif à tout changement. Que c'était bien la peine de traverser l'Italie, de construire des engins en forme d'oiseau et d'imaginer des villes fortifiées imprenables pour en arriver là, à des petites manies. Avec le génie qu'ils ont l'air de lui reconnaître, tous.

Mais c'est qu'il préférait ce gardien-là, comment s'appelait-il déjà ? Il a oublié son nom ou alors celui-ci est déjà allé se perdre dans le paysage, de l'autre côté du pont.

101

Louise

Il y a ce bruit, pour commencer.

Le genre de bruit qui ne dure pas longtemps -un battement intermittent d'averses résiduelles. Et c'est le même bruit un peu partout dans le Nord du pays, au moment précis où elles se décident, l'une comme l'autre. Des notes rapprochées et régulières, une musique liquide qui arrive et s'en va, des sons qui n'annoncent rien, rien de grave. C'est aussi la lumière du matin pas même devinée, encore trop lointaine. Un voile gris anthracite s'est posé depuis des heures sur le pays, en silence. La scène paraît somme toute innocente.

Et ça commence. Deux fenêtres sont ouvertes en même temps, le souffle glacé de la nuit entre dans la pièce -une chambre pour l'une, un salon pour l'autre- s'en prend aux jambes nues, aux poitrines à demi couvertes, impudiques.

Ont-elles même senti le froid sur la peau, à travers la chemise? N'ont-elles pas été anesthésiées par l'idée de ce qu'elles s'apprêtaient à faire?

Sautera, sautera pas. C'est selon, cela pourrait changer.

Pourtant il suffit d'enjamber la fenêtre et de se laisser tomber, de laisser agir le poids du corps. Une grosse gourde pourrait entreprendre une chose pareille, une potiche comme on n'en fait plus.

Il y a ce bruit de la pluie encore par moments et celui des corps qui vient s'y ajouter, l'un plus lourd que l'autre, plus massif, on aurait mis deux Jeanne dans une Louise. Jeanne est tombée la première et Louise l'a suivie à des kilomètres de là, elle l'a suivie de quelques fractions de seconde, presque rien, le temps de dire ouf. On a beaucoup parlé de Jeanne, on parle encore d'elle aujourd'hui dans les livres, les émissions documentaires et l'on reconnaît facilement son visage sur les quelques photos qu'on a conservées. Cet air de sauvageonne, ces cheveux fous, ces yeux incroyables. Cette beauté. On n'a guère parlé de Louise, à peine des conversations de voisins à l'entrée de l'immeuble, la semaine qui a suivi et aussi chez le cordonnier du rez de chaussée – *ressemelage, clouage, polissage, travail soigné* -un artisan sérieux dans une échoppe sombre aux odeurs de cuir, protégée par Saint Crépin. Il aimait bien Louise, il disait « la Louise ». Il la trouvait costaude mais assez jolie, la bouche surtout, une bouche faite pour les baisers, parce qu'il n'a pas les yeux dans sa poche, cet homme. Une bouche qui mériterait d'être isolée du reste, si massif. Un bijou pas trop à sa place. Et qu'est-elle allée faire encore ? Comme si l'on n'en avait pas eu assez avec cette guerre qui a vidé la ville de ses hommes et fait disparaître la clientèle.

Jeanne avait un regard bleu, une couleur de mer inconnue à faire s'agenouiller devant elle et c'est ce que faisait le peintre, parfois. Pas tout le temps. Par moments il prenait des distances parce que les yeux le fixaient, des fragments de saphir sur une peau blanche, une lumière au fond d'une forêt. Alors quand il peignait Jeanne, sa Jeanne qu'il épouserait bien un jour pour lui faire plaisir, il la faisait aveugle. Dessinait la ligne en amande des paupières, mettait une touche de peau à l'intérieur. Ainsi elle lui appartenait vraiment, *il mio amore, la mia bambina* tu es à moi, à personne d'autre. Tu ne regardes que moi.

C'est la nuit et il y a ce bruit, donc, quelque chose de très mat qui ne réveille personne sur le coup et puis…

Et puis les deux corps se retrouvent allongés, l'un sur le dos, l'autre face contre le macadam - un visage détruit, traits chahutés, un masque déchiré qui donnera des hauts le cœur au petit matin. C'est un voisin qui découvre Louise, le jour ne s'est pas levé encore et tout d'abord il ne comprend pas, on dirait qu'elle dort, voilà l'épouse d'Etienne qui dort sur le ventre maintenant, son gros corps allongé au milieu du trottoir, la voilà trempée comme une soupe avec toute cette eau qui est restée de la veille et qui tombe encore, par moments. Ou alors c'est autre chose…

Parce qu'il y a du rouge très foncé dans l'eau de pluie, mais tout est foncé à cette heure et se confond, on ne voit même plus la lune. Et on la laisse là parce qu'on ne sait pas quoi en faire, on attend le lever du jour, la police, une famille venue en courant.

Le jupon de Louise est maculé de boue, de sang, on ne comprend pas où s'arrête la transparence, on n'y voit pas clair, celui de Jeanne est intact, elle est la chérie du peintre et l'on dirait que la mort a fait attention à elle, à cause de l'artiste qui plaisait tant aux femmes, le Juif qui buvait comme un trou du côté de Montparnasse et peignait toujours la même chose, des femmes allongées, des femmes sur des chaises, des hommes debout. Qui peignait des silences, des mélancolies, des airs de ne rien regarder du tout. Jeanne porte ce même linge blanc qu'elle a ôté l'autre jour avant de poser pour lui, cheveux lâchés, tête inclinée, j'ai froid se plaignait-elle, est-ce que tu en auras pour longtemps cette fois ?

Stai zitto, mia bella

Oui, il semble que la mort ait décidé de sauver le matériel.

Pas le reste, pas l'âme et voilà que le corps apparemment intact est traîné jusqu'à l'entrée de l'immeuble, pour qu'elle se trouve à l'abri de la pluie, du froid, de la nuit.

Jeanne porte un enfant en elle, Louise aussi mais elle l'ignorait encore. Elle n'a rien ressenti, ni une fatigue soudaine ni des nausées ni une envie de galettes au fromage inondées de sucre -les gens là où elle vit pourraient vous en dire de bonnes, sur les envies des femmes enceintes. Des choses écœurantes parfois, des orgies d'abats à peine cuits, de lait fermenté mais c'est ce qu'on raconte, il n'existe pas de preuve. Jeanne voulait des cerises, elle, et le peintre se fâchait, qu'est-ce que tu as encore disait-il, des cerises en cette saison. Il était malade, avait laissé pousser sa barbe et buvait trop, m'aimes-tu encore ? demandait Jeanne et alors il la prenait dans ses bras. Ou la peignait, ne bouge plus répétait-il, allez ne bouge plus, c'est très joli quand tu penches la tête, cette inclinaison et je n'en ai pas pour longtemps, tu sais comme je peux aller vite pour faire un tableau. Regarde ma main, tu la vois se soulever ? C'est à peine si je la bouge *mia bellissima* et ne crois pas que ça m'amuse de peindre autant, je dois livrer dix tableaux à Zwborowski

108

dans le mois, tu t'en souviens ? Tu sais ce qu'il nous reste pour vivre ? Sans Zwborowski je serais un homme mort.

Vers six heures du matin, quelque part à Rennes, soit à trois cent huit kilomètres de Paris à vol d'oiseau, la mère de Louise est encore enfermée dans un mauvais rêve. Elle s'est débarrassée de ses draps à coups de pied et nage sur un lit de rivière sans eau, sa chemise collée aux cuisses. Elle peine à avancer, élargit ses gestes, tend ses jambes et les cailloux déchirent sa peau, c'est bien pire qu'une griffure, on dirait que c'est beaucoup plus douloureux. Elle hurle dans son sommeil mais dans la chambre les sons sont empêchés, on entend à peine un gémissement, comme une voix de sourde-muette pas contente. Et elle se réveille à la fin et se lève, passe une main sur son front inondé de sueur, tire sur sa chemise trempée, où est Louise, qu'est-il arrivé à Louise ? Vingt minutes plus tard, à deux rues de chez elle, il fait encore bien nuit et ils sont déjà dix autour de sa fille.

On parlera d'un *attroupement*, on emploiera ce mot qui pourrait s'appliquer à n'importe quoi. Un musicien qui joue, une bagarre d'ivrognes, un vendeur de marrons qui se sera trompé d'heure. On prend le mot qui vient. Pour Jeanne, on lira dans les livres que sa mort a provoqué une *stupéfaction*,

109

rue Amyot dans le Vème et plus loin vers Montparnasse, rue de la Grande-Chaumière où le peintre avait son atelier. Certains évoqueront aussitôt cette bande d'artistes, et ce fou furieux n'est-ce pas qui lui en faisait voir de toutes les couleurs à cette jolie fille, toujours à le tromper la pauvre, toujours à s'asseoir dans les cafés avec d'autres. Pour Louise, on ne saura pas trop quoi dire. On s'en tiendra à quelques vagues considérations sur le malheur d'en finir si jeune avec la vie. La vraie raison, personne ne s'y attardera parce qu'elle est effrayante. On dira seulement « la pauvre, la pauvre femme » mais au sujet de Jeanne, on parlera d'une *tragédie*.

Tout de suite les grands mots, pour ces artistes.

C'est vrai qu'il n'y a pas deux jours que le peintre est mort, lui aussi. Alors nous ne sommes pas loin de Pyrame et Thisbé, d'Aucassin et Nicolette, de Roméo et Juliette, de tous ces amoureux meurtris par un mauvais destin et le mot s'en ira parcourir les rues de Paris, s'insinuant dans les cafés du quartier des artistes et il se mêlera aux pigments des tableaux, se fraiera un passage sous les vernis, se fixera au bois, à la toile raidie par la colle. Il y est toujours, à peine endormi. Modi et Jeanne, Jeanne et Modi. Un rien -une exposition, une monographie - peut le faire revenir à la surface.

110

La tragédie du peintre et de la femme qui l'aimait tant.

Au lendemain de la mort de Modigliani, le 29 Janvier 1920 à deux heures du matin, Jeanne Hebuterne s'est jetée par la fenêtre de l'appartement de ses parents, rue Amyot. Elle allait avoir vingt-deux ans et attendait son deuxième enfant.

Comment te survivre, dis ?

La veille, après l'annonce de la mort du peintre, elle a dormi dans un hôtel de la rue de Seine. Elle n'a pas dit un mot à l'amie qui l'accompagnait et veillait sur elle, n'a pas pleuré. Pas une larme, pas un sanglot, rien. Un désespoir piégé dans sa poitrine et qui rendait son souffle bruyant. Son père l'a conduite au matin à l'hôpital où reposait Modigliani et elle l'a longuement regardé, elle a regardé l'homme qu'elle aimait, a planté ses yeux sur les paupières closes et s'en est tenue à ce regard qui déjà les réunissait.

Attends-moi.

S'il te plaît.

Regarde-moi à ton tour, comme tu sais le faire. Je veux ton œil noir de peintre, tes beaux yeux d'Italien.

Louise le Bonniec, maintenant, puisqu'il s'agit aussi d'elle. La femme d'Etienne le Bonniec. Elle a sauté du quatrième étage de l'appartement de Rennes, qu'elle occupait avec son époux et son fils. A ouvert la fenêtre du salon et plouf. Et ce fut la même décision, *maintenant*, la même urgence incroyable tout à coup. Ce fut cette injonction, tu oublies la vie parce que ce n'est plus une vie et tu sautes, regarde la nuit qui t'appelle, comprends ce qu'elle veut te dire. Ce furent ces mots en acouphènes dans les oreilles, sûrement obsédants ou alors… ou alors il y eut un grand silence intérieur, on n'est pas sûr, on n'y était pas. Le genre de silence inconcevable a priori parce qu'il y a toujours un petit bruit en soi, celui du sang qui circule, du cœur qui s'affole, des pensées qui se précipitent et balancent leurs paroles. On n'est jamais tout à fait seul. Ce furent en tout cas les mêmes mouvements, ou plutôt ce fut la même gesticulation, peu naturelle. Elles ont passé une jambe, puis l'autre en soulevant leur jupon, sont restées un instant en équilibre sur le rebord de la fenêtre -Louise plus longtemps que Jeanne, car un peu égarée, presque oublieuse de sa décision, se demandant pendant quelques secondes ce qu'elle faisait là, ce que lui voulait la nuit devant elle. Elles ont regardé le ciel sans étoiles, sans lune et dans ce monde tout noir et encore liquide, elles ont plongé -un plongeon comme le font les enfants

112

pour qu'on les regarde, debout les bras collés aux flancs. Elles ont sauté bien raides, tendues dans leur désespoir.

Ensuite les bras, les jambes sont partis de travers. Ont fait n'importe quoi parce que ça commençait à aller très vite, ont dessiné des figures incompréhensibles. Le corps a basculé, privé de tout appui.

Je sais que je vais te rejoindre a écrit Jeanne

Amedeo mon amour.

Ils diront encore que je suis folle.

Comment m'accueilleras-tu, Etienne ? a pensé Louise

Me pardonneras-tu…

Les foules connaissent le visage et le corps de Jeanne Hebuterne, l'amoureuse de Modigliani. Elle est exposée partout, dans les plus grandes villes. Assise sur une chaise, ou étirée toute mince, réduite en épaisseur à la moitié d'elle-même. Une liane. Les cheveux lâchés couleur de châtaigne ou cachés sous un chapeau, celui du peintre qu'il aimait qu'elle porte, ou bien le sien. Elle est habillée, c'est elle qui a cousu la robe, choisi la broche qui ferme le corsage. Ou bien elle est couchée, nue. Elle a posé une main entre ses cuisses en un geste très intime, c'est ainsi que tu me plais lui disait son amoureux, c'est ainsi que je veux te montrer et tant pis si ça les choque, s'ils y voient le Mal, qu'ils aillent tous se faire foutre. Sur une photographie qu'on a conservée, on peut voir le peintre et Jeanne dans la chambre que Zwborowski leur a prêtée, ils regardent tous deux l'objectif mais se trouvent assis à distance l'un de l'autre, séparés, isolés. Un peu fatigués, pas si heureux. On jurerait qu'ils s'ignorent ou bien qu'ils se sont lassés l'un de l'autre, retirés de leur amour, seulement réunis par les murs de la chambre. Etonnés eux-mêmes de cette absence de sentiment, tout à coup, de ce manque de vibrations.

Rue de la Grande-Chaumière, on entend les cris de ce peintre et la voix d'une femme qui lui répond, une très belle jeune femme au teint très blanc qu'on croise dans l'escalier, parfois. Il y a aussi les pleurs d'un enfant, ne sont-ils pas fous ces deux-là d'aller faire des mioches, avec la vie qu'ils mènent ?

Il existe une photographie d'époque sur laquelle on aperçoit la silhouette épanouie de Louise le Bonniec, à Rennes. Elle est assise sur un fauteuil au fond d'une pièce, presque invisible dans l'ombre - une masse sombre, des cheveux tirés, des mains posées sur un accoudoir, à bien observer on peut

114

reconnaître le bas du visage. Il est vrai que la bouche peut paraître jolie, comme le disait le cordonnier qui n'avait pas les yeux dans sa poche. On distingue une table en bois clair au premier plan, un buffet massif sur la gauche, une fenêtre permet à la lumière d'entrer dans une partie de la pièce et c'est comme si l'on sentait encore une vague odeur de cuisine, une sensation de chaleur moite, une vie pas si joyeuse.

Personne n'a jamais fait le rapprochement entre ces deux photographies parce qu'une seule a été publiée, l'autre a pu aller se perdre dans des ventes aux enchères, des liquidations de biens mobiliers. Personne n'a jamais vu la coïncidence entre les deux femmes et ces deux actes définitifs, bien sûr. Personne n'est au courant. Comment aller mêler en une seule image catastrophique une muse incroyablement belle et une femme ordinaire, à peine identifiable sur la seule image qu'on possède d'elle ?

On appelait Jeanne Noix de coco à cause de sa peau très blanche et de ses cheveux sombres, les amis du peintre la trouvaient timide et souriante, bien élevée, une fille de bonne famille disaient-ils avec un mélange de respect et d'amusement, une bourgeoise. De Louise on ne disait rien. Il est des femmes comme celle-là qui passent sans faire de vagues. Qui ne sont ni belles ni laides. On peut retenir à la limite la chute du corps, un bruit bien sourd dans le silence de la nuit. Parce que ça, c'est une chose impressionnante.

La nuit du bruit, c'est l'anniversaire de Louise, elle a trente an

L'année qui précéda sa mort, le peintre s'engagea par écrit à épouser Jeanne, ce qu'il ne fit pas. Il ne reconnut pas non plus leur enfant. Jeanne s'occupa peu de la petite fille, son cœur n'était pas assez grand. Aimer celle à qui elle avait donné son propre prénom -Giovanna en italien- l'aurait contrainte à repousser le peintre dans son coin, à l'abandonner au fond des cafés, à le laisser disparaître derrière l'écran de fumée de ses cigarettes, afin de faire une petite place à l'enfant. Le peintre toussait fort et parlait beaucoup, il se pavanait, faisait l'Italien. Elle l'aurait alors fait taire, aurait réclamé le silence pour l'enfant, pour que soit perceptible son babillage ou qu'il lui permette de s'endormir. Sauf que.

Prends-la dans tes bras, tu es sa mère, non ? On dirait …

Quoi ? de quoi tu parles ?

On dirait que tu as peur de la toucher. On dirait qu'elle t'agace, c'est ça elle t'agace*, amore*, notre fille tu ne la supportes pas, elle te dérange, tu n'es pas une mère, tu es une amoureuse, mon amoureuse.

Elle pleure tout le temps et je ne sais jamais…

Aime-la, Nom de Dieu !

Elle n'en fit rien, parce qu'elle adorait le peintre comme on adore une divinité et que les Vestales qui veillent sur le feu sacré ne font pas d'enfants.

Deux mois avant la mobilisation d'Etienne pour la défense de la Patrie, Louise eut elle aussi un enfant -un fils qu'elle s'efforça d'aimer, sans succès.

Notre Louise est distante, disait la mère. L'amour viendra forcément. L'amour nous vient à toutes. Parfois il faut du temps. Et puis ce cœur qu'elle a, qui fait des siennes.

Depuis quelque temps, le cœur de Louise s'emballait, devenait fou. Il battait d'une façon anormale, plus violente puis tout s'accélérait, parfois sans raison particulière et sans qu'aucun signe avant-coureur ne se manifestât pour l'alerter. Le cœur se déchaînait et rien ne pouvait le calmer. Alors Louise devait s'asseoir et attendre, une main sur la poitrine. On disait autour d'elle Louise a ses crises, c'est depuis qu'elle a eu cet enfant ou alors c'est cette satanée guerre qui commence et nous rendra tous malades.

Vous vous trompez, il y a longtemps que ça bat ainsi, mon enfant ni la guerre n'y sont pour rien.

Alors calme-toi, fais un effort, qu'as-tu à te mettre dans un tel état ?

L'enfant grandit et ses cris souvent la rendirent folle, la mère elle-même renonça à comprendre sa fille. On vit Louise serrer les poings, se mordre les lèvres, frapper le mur de ses mains ouvertes. On l'entendit pleurer, prier le Ciel pour que tout s'arrête, cette maternité, cette solitude. Et quand enfin le silence revenait dans l'appartement parce que l'enfant s'était endormi, alors elle appelait Etienne, parti à la guerre et sa voix comme une plainte s'élevait dans l'appartement, les mots se heurtaient aux murs et s'y écrasaient parce qu'ils étaient inutiles, sur le front dans le vacarme des combats, Etienne ne pouvait pas l'entendre.

Là-bas les obus sifflaient, les cris des blessés rendaient sourd, les ordres des gradés remplissaient l'espace comme l'aurait fait une nuée d'oiseaux.

Oui Capitaine, mon Capitaine.

La dernière permission du soldat du cent cinquante-neuvième régiment d'Infanterie les laissa pantelants, fous d'amour encore.

Je vous garde le petit, avait dit la mère. Profitez, on ne sait pas ce qui peut arriver.

Il ne peut rien arriver à Etienne, il est immortel.

Que Dieu t'entende, il paraît que la guerre finira bientôt, qu'est-ce qu'ils en disent sur le Front ? Est-ce qu'ils savent au moins combien de temps encore…

La toile épaisse de l'uniforme sentait encore la poudre, la boue et la sueur. Etienne avait pris Louise avec violence, une fois, deux fois, durant ses cinq jours de permission les chairs épanouies de Louise vinrent se coller à un corps amaigri, rendu douloureux par les mauvaises postures de la nuit dans l'étroitesse des tranchées. Etienne pétrissait de ses mains les cuisses épaisses de sa femme, son ventre rebondi et il toussait, pardonne-moi c'est à cause des fumées, là-bas on est tous malades. Et puis il y a le froid, les vêtements qui ne sèchent pas.

Je voudrais te guérir, je voudrais…

Tu es la plus belle, tu le sais ? Je dis ça aux autres, ma femme est la plus belle femme de la ville, vous la verriez. Je dis on croirait un tableau, de quel peintre je ne sais plus le nom. Vous verriez ces seins, ce cul.

Mais tais-toi un peu si c'est pour dire des bêtises.

Etienne s'allongeait sur Louise, tentait de la couvrir de son corps enfin réchauffé et il aurait voulu qu'ils restent ainsi collés l'un à l'autre. Alors il l'emmènerait avec lui, cachée sous sa tenue de soldat, transformée en une miniature d'elle-même, réduite aux proportions d'une poupée de porcelaine. Personne ne s'en rendrait compte au début, ni les gradés ni ses camarades. Il la tiendrait contre lui, tout contre lui avec sa peau si douce et si chaude et il ne craindrait plus rien, une Louise près de son cœur. Il ne craindrait ni les tirs des Allemands d'en face, ni les obus, ni les assauts la fleur au fusil. Ah tu l'as amenée, lui diraient les autres au bout d'un moment. On n'avait pas vu tout de suite, c'est une bonne idée une femme dans les tranchées. Une petite douceur. Mais elle n'est pas si belle dis-nous, on croyait…

Que savez-vous de la beauté, vous autres ? Que savez-vous de la beauté du monde ?

Vous avez oublié l'amour, tous autant que vous êtes.

Il y a trop de bruit par ici, trop de peur et elle est si laide cette guerre, à la voir de près, on n'imaginait pas.

On ne voyait pas les choses comme ça, on pensait à la Patrie, on se figurait des victoires, des champs de bataille magnifiques, des médailles dorées à coudre sur nos vestes.

Mais tais-toi surtout, ne va pas commencer à faire des histoires.

La Grosse Bertha du professeur Rausenberger effraie les Parisiens qui courent aux abris, voilà que la guerre lance ses tentacules jusque dans les rues de la ville affolée, tandis qu'une épidémie de grippe espagnole fait mourir les plus faibles. Le peintre trop fragile est parti s'installer à Nice chez Sevrage, loin de la peur qui n'est pas bonne à vivre. Face à son modèle, il suit du doigt la ligne du cou, la courbure d'une épaule, cherche en cette ondulation la trace d'une âme, le passage de l'ange. Il ferme les yeux, les rouvre et s'éblouit. Il tousse et maudit ses poumons malades, jure comme un Italien. Il allume une cigarette, je respire mieux quand je fume, dit-il. On raconte qu'il soulevait à peine son pinceau pour dessiner le contour d'un visage, la ligne noire qui allait enfermer le corps -une ligne sacrée, le résultat d'une contemplation, la résolution d'une énigme.

La main du peintre, égarée un moment dans l'espace de l'atelier, évalue la posture, l'inclinaison du corps. Le pinceau sera tout à l'heure le prolongement de ce regard d'artiste, les doigts se refermeront sur tous les désirs du monde. Des doigts qui par magie ne tremblent plus quand il s'agit de peindre, malgré la tuberculose, l'alcool.

Je suis un artiste, bon Dieu, je fais ce que je veux.

Des lignes courbes, un monde penché, un peu fatigué. Des ondulations géniales qui ne plairont pas à tout le monde.

Etienne, revenu pour quelques jours de permission à Rennes, a la main qui dessine, lui aussi. Il a besoin de toucher les meubles, tous les meubles de l'appartement, dans toutes les pièces. Ses doigts parcourent les reliefs sculptés du buffet dans la salle à manger, le tour de la table rendu un peu collant par les petites mains de l'enfant et chaque dossier de chaise, tout. C'est un inventaire à main nue, une reconstitution mobilière, Etienne reconstruit ainsi sa vie d'avant les tranchées, ou plutôt il la réinvente car il reconnaît mal ce décor pourtant si familier, c'est comme si l'on avait déplacé les meubles et modifié les matières, les couleurs.

La table, tu l'as changée de place ?

Mais non, pourquoi voudrais-tu…

C'est qu'on dirait bien… et je voyais le bois plus clair ou alors il aura été ciré …

Tiens, bois ton café tant qu'il est chaud. Mais tu as raison, il faudrait que je passe un coup de cire, là. Ton fils nous salit tout, depuis quelque temps. Mais assieds-toi et mange, reprends des forces, mon pauvre chéri.

Oh oui, pauvre chéri, pauvre Etienne parti à la guerre.

De son côté à Nice, dans le silence de la pièce lumineuse qui lui sert d'atelier, le peintre mesure la distance qui sépare son modèle et l'homme en uniforme qu'il vient d'esquisser sur la toile. Il s'est éloigné d'un mètre et observe son dessin, les bras croisés sur sa poitrine. Et il s'amuse d'une telle différence, tant la ressemblance apparente lui importe peu. C'est le contenu secret qui l'intéresse, ce qui se cache à l'intérieur de l'autre. Quand le Zouave en permission venu poser pour lui se verra sur la toile, il lui faudra un moment pour réaliser qu'il s'agit bien de lui. Que c'est bien sa tête à lui, sous la calotte de l'armée d'Afrique. Alors le peintre le verra pencher sa tête en avant et scruter le drôle de tableau, dans un mélange d'étonnement et d'inquiétude, à la recherche d'un détail absolument similaire -le lobe géant de l'oreille, les deux fentes du regard, le cou épais et court.

Oui c'est bien moi. Mais l'expression…

C'est vous quand…

C'est bien, c'est vraiment bien. Vous êtes doué.

Le soleil éclaire la pièce, il semble que le peintre tousse moins souvent, ou alors moins violemment. Il paraît heureux, sûr de lui, bientôt Jeanne viendra le rejoindre avec leur enfant et il retrouvera une vie de famille, qui l'apaisera peut-être.

Jeanne et Jeanne, la mère et la fille, c'est à ne pas s'y reconnaître et la mère est une enfant encore, une sauvageonne.

Le zouave a rejoint son régiment, il ignore qu'il se retrouvera accroché un jour sous des cimaises, que des visiteurs le regarderont avec plus ou moins d'intérêt, un mélange de curiosité et d'amusement à cause de sa tenue, ce Modigliani a vraiment peint tout ce qui passait devant lui.

Un zouave, quelle drôle d'idée. Que faisaient-ils pendant la grande guerre, ces zouaves d'Afrique ?

Etienne parcourt les quatre pièces de l'appartement, le salon, la salle à manger, la chambre où tout à l'heure il a caressé le corps si doux de Louise. Il y traîne encore un parfum d'amour, une odeur un peu âcre qui a imprégné les draps, les oreillers. Louise n'a pas remis ses bas, il se penche et les saisit par terre comme on prend

126

des objets précieux et d'une fragilité extrême. Il les porte à sa bouche, l'un après l'autre et respire l'odeur de Louise, embrasse l'odeur de Louise emprisonnée dans le coton épais.

Viens, reste tout près de moi, on n'a pas tant de jours.

Louise est comme l'amoureuse du peintre, elle aimerait garder Etienne auprès d'elle et qu'il ne reparte jamais. D'ailleurs certains soldats restent chez eux à la fin de leur permission, ils se cachent dans des granges, dans des greniers, des caves, pourquoi pas lui ?

Ce sont des lâches, je ne ferais jamais…

Vous êtes tous des malades avec votre courage.

De son côté, seule à Montparnasse, Jeanne a beau faire. Elle sait que son Modi artiste maudit s'en ira toujours vers les autres, les hommes qui boivent les femmes qui couchent, tous ceux qui l'éloignent d'elle et souvent elle a rué dans les brancards, lui a hurlé des paroles insensées aussitôt regrettées, encore à vociférer ces deux-là disaient les voisins, encore à boire comme des trous et ensuite ils se gueulent dessus.

Là, elle s'inquiète pour sa santé. Pour l'argent aussi.

Zwborowski m'aidera, lui écrit le peintre. On a signé un contrat. Si je fais dix toiles, il m'en achète dix.

Et tu m'aimes toujours ?

Des paroles de femme, ça. Vous êtes toutes pareilles, il vous faut des déclarations.

Toutes ? Pourquoi dis-tu toutes ? De qui parles-tu encore ? De quelle femme qui traîne auprès de toi ? De quelle sorcière ?

Le peintre s'est fait voler son portefeuille à Nice et il écrit à Zwborowski

Naturellement je suis à sec ou presque. C'est idiot bien entendu.

Envoyez 500 francs télégraphiquement, mon cher ami.

Toutes les dernières toiles de Modigliani se trouvent chez le Polonais, qui les a rangées les unes contre les autres dans une pièce obscure, au fond de son appartement transformé en galerie d'exposition. Il allume une bougie pour les montrer à ceux qui entrent, venez donc, à la lueur du feu vous découvrirez soudain la Beauté ou je ne comprends plus rien à rien. Vous allez être saisis, et moi je ne vais pas mourir idiot.

Il voudrait tant vendre ces tableaux pour faire plaisir au peintre et se dit prêt à les brader, à faire une fleur au premier amateur. Car ce n'est pas pour l'argent, c'est plutôt une histoire d'honneur, l'argent on s'en fout.

La reconnaissance ! Retenez ce mot.

La bougie est plantée dans le goulot d'une bouteille de vin vide, le galériste avance à petits pas, la lumière jaune vacille dans l'obscurité.

Suivez-moi, ça vaut le coup et regardez où vous mettez les pieds, n'allez pas vous casser la figure. Quel talent cet Italien, ce génie, quelle poésie je vous préviens.

Mais personne ne veut des tableaux, aucun marchand.

Nom de Dieu ! Ils disent tous gardez -les, gardez ces croûtes, je n'achète pas. Et pourquoi ?

Ils s'habitueront à la fin, c'est trop nouveau, trop moderne, c'est trop beau. C'est différent, la beauté est bizarre, nécessairement et ils ignorent cette loi, ces imbéciles !

Mon cher Zbo

Je vous rembourserai 100 fr par mois

Parole d'homme. Promesse d'Italien.

To be or not to be, je sais. Toute la question est là. C'est moi le pêcheur ou le con, c'est entendu.

Mais non. C'est vous l'artiste, le maître le génie. Moi je ne suis qu'un marchand, un Polonais égaré à Paris, qui ne sait pas quoi faire de sa fortune.

Zwborowski le Polonais vit avec Anna parmi les nus de Modigliani, un jour une femme brune s'est allongée sur un tapis bordé de rouge pour que l'artiste la peigne, à la Scuola di nudo de Florence l'Italien a appris, des heures durant,

La courbure d'une hanche

Le velouté de la peau

Les ombres, la peau soudain plus claire.

Mais les poils peints feront scandale, c'est la vie disait le peintre, comment ne pas vouloir rendre ces femmes à la vie ? Moi ma maîtresse est poilue, et vous qui n'êtes pas contents, qui criez au scandale ! A quoi donc ressemblent-elles, vos bonnes amies ?

A Nice il a sorti son chevalet, faute de modèles ou de foi en son talent il peint des maisons devant la mer, il lui reste un an à vivre. Il fait le brave, celui qui n'a peur de rien.

Mon Zbo, le champagne coule à flot.

Il novo Anno ! Vive Nice vive la dernière nuit de la première année !

Monsieur Z je vous serre la main.

A Rennes, Louise reçoit les lettres d'Etienne, quatre hommes ont été condamnés à mort dans son régiment, pour refus d'obéissance. Mauvais esprit, défaitisme. Incitation à l'abandon. Influence désastreuse sur le moral des troupes. Les soldats ne veulent plus partir à l'attaque, croyez-vous ça.

Ne veulent plus obéir aux ordres.

Veulent rentrer chez eux, ne veulent plus rejoindre leur compagnie à la fin de leur permission, ne veulent plus reprendre le train.

Veulent rester quelque part dans le quartier de la gare, y louer une chambre, y recevoir des filles. Veulent retourner chez leur mère et coucher avec leur femme. Veulent embrasser leurs enfants, manger à une table et dormir dans des draps, rêver avec leurs rêves d'avant, regarder le ciel par la fenêtre. Fumer des cigarettes, chanter, s'y retrouver. Devenir ouvrier dans une usine, proxénète, balayeur. Devenir n'importe qui, se faire oublier, se perdre dans la foule des villes.

Mais le clairon a sonné parce qu'il était l'heure de mourir pour ceux qui n'étaient pas d'accord. Le jour s'est levé très doucement, à croire qu'il voulait retarder l'exécution. Les boutons de l'uniforme ont sauté, sont tombés dans l'herbe. Pour celui-là il a fallu du temps, ils étaient maintenus par un fil de fer et comment dégrader un soldat dans ces conditions ? Qui a attaché les boutons de cette façon ?

Tirez plus fort, arrachez tout, qu'on lui enlève tout, ses insignes, son honneur, son âme. Et bandez-lui les yeux, Nom de Dieu.

Ma chère Louise, on nous a tirés au sort, il leur fallait quatre pelotons de douze hommes et crois-moi, si j'avais pu y échapper.

Ma Louise ma bien-aimée

On les a attachés à un poteau dans la lumière revenue, les quatre et l'aumônier s'est avancé.

Qu'est-ce que Dieu a à voir là-dedans ?

Les hommes des quatre pelotons ont été réveillés à trois heures du matin, l'exécution devait avoir lieu à quatre heures trente précises, les quatre condamnés ne sont arrivés qu'à six heures à cause du mauvais état des routes. Une attente épouvantable dans une nuit qui n'en finissait pas. Le temps de réfléchir, d'imaginer.

La voiture s'est approchée et j'ai vu l'un des visages. Je le connaissais, un copain tu comprends ? Celui-là est resté calme jusqu'au bout et je n'ai pas été étonné. Il a fumé, n'a pas dit un mot.

Oh ma Louise, j'aurais préféré l'entendre crier, comme l'autre près de lui, qui hurlait qu'il voulait voir sa mère, qu'on n'avait pas le droit, que c'était un péché et que nous irions tous en Enfer.

Les soldats ont tiré tous ensemble et l'un des cadavres a zigzagué, c'était à avoir envie de fuir, le corps s'est balancé deux ou trois fois comme s'il voulait se détacher, comme si au-delà de la mort la vie voulait encore se défendre, en découdre d'une façon absurde avec le tir des fusils. « Tête droite ! » a hurlé le Caporal au milieu des soldats affolés. Tête droite pour regarder l'homme mort, à présent tout immobile, vaincu, tête baissée cou cassé, dont la tombe disparaîtra.

Ma chère Louise,

C'est cette maudite guerre qui est la cause de tout. Ensuite il y a eu du sang sur l'herbe du champ, le bruit circule à présent que des villageoises ont posé des fleurs à cet endroit.

Que Dieu les garde et qu'il me pardonne.

Qu'il ne fasse pas de moi un assassin.

Oh ma Louise, ne dis jamais à notre fils ce que j'ai fait là. N'en parle à personne, tu sais que je ne suis pas un mauvais homme.

Louise lit les lettres d'Etienne qui a froid, qui a peur et son cœur frappe sa poitrine à coups violents et réguliers, alors elle sort de l'appartement

Descend les quatre étages en se tenant à la rampe d'escalier

Le souffle court elle compte les marches

Puis elle ouvre la porte de l'immeuble et dans la rue, un passant la regarde, étonné.

Qu'a-t-elle cette femme ? Sans doute une veuve de guerre, encore. Il y en a partout, des femmes au regard égaré, puis enfermé dans les souvenirs, un regard tourné vers l'intérieur.

Mais celle-là non, on dirait que ses yeux vont exploser.

Au quatrième étage, l'enfant s'est réveillé et s'est mis à pleurer, mais depuis la rue on ne l'entend pas.

Louise veut seulement faire quelques pas dehors, ensuite elle rentrera, elle a besoin d'air.

Attends un peu. Tais-toi, je reviens.

Son corps épais est légèrement penché en avant, parce qu'elle ne respire plus trop bien, à chaque crise c'est la même chose à présent, il lui faut se plier à la fin pour que tout se calme, cette batterie dans la poitrine, comme une grosse caisse.

Depuis quelque temps les crises se rapprochent, Louise répète que ce n'est rien, qu'il lui faut attendre que ça passe, qu'il n'y a pas lieu d'en faire toute une histoire.

—N'empêche qu'on ne peut pas compter sur elle, dit-on quand on la croise. Le travail pour remplacer les hommes, c'est bon pour les autres.

Au croisement du boulevard Montparnasse et du boulevard Raspail, devant la station de métro Vavin, le peintre s'est arrêté un instant devant l'objectif du photographe. Picasso et Salmon posent à ses côtés et la photo circulera un peu partout, d'expositions en monographies, car il en existe peu de cette période. La veste de Modigliani est défraîchie, le tissu est visiblement usé, ses beaux cheveux noirs sont bouclés, légèrement décoiffés. Il a déjeuné chez Baty, établissement plus réputé pour ses vins que pour sa cuisine, et il ira dans un instant s'asseoir derrière une table de la Rotonde, juste en face. Certainement en terrasse, vu la douceur de l'air. Sur la photo, on ne peut pas deviner ce qu'il pense, peut-être est-il surtout épuisé par la vie qu'il mène. Son regard est muet, tout juste poli, comme consentant. Les yeux chez Modigliani, c'est toujours un problème. Mais sur un autre cliché du trio, pris juste avant ou juste après - on aperçoit la station de métro derrière les trois amis- le peintre rit, il semble amusé, bon public et sûrement heureux.

En bonne compagnie, comme un petit garçon content. Et si docile, cette fois. Presque soumis aux gestes de Picasso qui mène la danse, parle fort et fait du genre.

Dans un an il rencontrera Jeanne Hébuterne, fille d'un comptable parisien. Il l'aimera très vite, la peindra comme un fou et lui fera deux enfants.

Au numéro 9 de la rue d'Antrain à Rennes, en levant la tête vers les derniers étages, on remarque une représentation de Mercure, le dieu du commerce. Il tient dans les mains une enseigne : Maison L Valton. Et si l'on contourne le bâtiment, au 4 de la rue Bonne-Nouvelle se trouve la poissonnerie de l'établissement. L'odeur traîne sur le trottoir et il suffit de la suivre. C'est là qu'Etienne travaillait avant de partir au front. Il coupait les têtes, ôtait les peaux à la main, levait les filets, salait les chairs, vidait les ventres, chantait des chansons de cabarets, guettait les chevilles des clientes -un morceau de peau blanche, une dentelle. Il était heureux et sentait fort le poisson.

Le magasin est resté ouvert, il est tenu par des femmes et deux hommes trop vieux pour aller se battre. L'un des deux remplace Etienne, il n'est pas aussi courageux, aussi dur à la tâche ni aussi joyeux. Il se fatigue vite, c'est à cause de mon dos dit-il. Mon dos porte la misère du monde, aujourd'hui.

Et les femmes rient, le rabrouent, allez on ne va pas te plaindre, toi, tu n'es pas au front.

Il existe une photographie, prise un mois avant la bataille de Verdun qui sert de repère à tout le monde, au milieu de cette boucherie que fut la Grande guerre. Elle montre tous les employés de la maison Valton, alignés devant l'entrée du magasin.

Ils sont treize, onze hommes encore libres de leurs mouvements, de leur vie, de leurs espoirs et deux femmes encore épargnées par la peine. Etienne est le second à partir de la gauche, il porte un tablier sombre qui lui descend aux chevilles, il a posé une main sur sa hanche, certainement en signe de fierté. Comme les autres employés présents sur la photo, il n'a pas encore été mobilisé, son tour viendra. Il vient d'épouser Louise, qui attend leur enfant.

Derrière les silhouettes alignées, on peut lire des inscriptions sur les vitrines :

Sucre pour confitures

Riz à veaux

Lapin au détail, saucisse

Baisse de prix

Chocolat F. Potin.

C'est une belle photo, qui sent la bonne nourriture, l'opulence, les repas de famille, les conversations du Dimanche, la paix.

Ma douce, ma Louise

Je t'ai sans doute déjà parlé de le Floch, avec qui j'avais bien sympathisé. Il vient d'être tué. Une balle dans la tête, le

139

pauvre homme, la balle est entrée tout près de l'œil droit, elle est ressortie de l'autre côté. Le bruit du sang, si tu savais, si tu avais entendu. J'ai eu du mal à comprendre, sur le coup. Je croyais la mort silencieuse, mais non.

Louise achète parfois des harengs à la maison Valton, on lui demande des nouvelles d'Etienne, on la plaint et elle répond que son sort à elle est enviable, à côté du sien. L'enfant marche à petits pas vacillants dans les allées, les genoux écartés. Il lui faut le tenir sinon il s'échappe, court droit devant lui comme on court après le bonheur. On s'extasie, on lui trouve une sacrée ressemblance avec le pauvre soldat. Les yeux, le front.

Je sais, dit Louise, je m'en rends compte aussi.

Mais ça ne remplace pas

En entrant dans le magasin, elle a croisé une veuve avec son voile et ses jupons noirs, elle a aussitôt baissé la tête pour échapper au spectacle des tissus de deuil.

Elle refuse de regarder ces femmes, les veuves de guerre, ces gros oiseaux de malheur qui circulent partout, dans les magasins, sur les trottoirs. Il n'y en a plus que pour elles et les airs qu'elles prennent l'effraient, elle fuit cette tragédie urbaine récemment mise en place et qui les encense, les magnifie. Qui la terrorise, elle.

L'une a perdu son époux à cause d'un éclat d'obus en plein front, une autre a appris que le sien avait été transféré dans un hôpital de fortune, qu'il n'avait survécu que deux jours mais qu'il avait été un bon soldat, très courageux. On en voit partout de ces femmes depuis quelque temps, n'est-ce pas ? Eh Louise, vous m'écoutez ? Les veuves, qu'est-ce que vous en dites ?

Des oiseaux de malheur, celles-là. Des vautours qui promènent la mort sur leurs ailes.

Louise les déteste et elle aimerait le dire mais elle sait que ce serait sacrilège. Elle aimerait pourtant avouer son dégoût et sa peur. Il y a celles qui marchent seules en regardant loin devant elles, celles qui promènent leur enfant et avancent la tête haute, elles ont offert leur mari à la France et c'était un beau cadeau, comme une offrande. L'enfant sera fier de son père, il sera élevé dans la mémoire du soldat. Ne craindra rien sinon de ne pas être à la hauteur.

Au milieu de la boue et du sang je ferme les yeux et je te vois.

Ton corps, tes cheveux.

141

Oh Louise tu es mon désespoir

Mon désespoir et ma force, Louise je crois que je te dois la vie.

Louise a le cœur qui bat d'une drôle de façon, il lui donne des coups on n'imagine pas et l'enfant tire sur sa jupe, que veux-tu à la fin ? Louise ne sait jamais ce qu'il veut, alors elle tente des choses pour le distraire -une chanson, un mouchoir sorti de sa poche, un biscuit, l'enfant hurle, elle presse le pas, son cœur bat de plus en plus fort et elle chante encore,

Autrefois j'avais d' la fortune

Et pour un amour insensé

Et les caprices de ma brune

J'ai fini par tout dépenser.

L'enfant s'apaise mais pas les battements dans la poitrine de Louise, *Autrefois j'avais d'la fortune*,

Pas les battements dans son cou dans ses oreilles,

 Et les caprices de ma brune.

Pas cette bousculade en elle,

Un jour je vis partir ma belle.

142

Ce charivari qui l'empêche à présent d'avancer, qui lui coupe le souffle, massacre la chanson et paralyse ses jambes au point qu'elle s'arrête sur le trottoir, son enfant blotti contre elle.

Ma chère Louise,

Aujourd'hui nous avons été gâtés, Voinet a reçu un colis et l'a partagé avec nous : gigot froid, canard truffé en croûte, un festin.

Veille bien sur notre fils, ma Louise, fais de lui un homme solide et courageux.

Le vendeur de journaux de la rue d'Antrain a reçu plusieurs exemplaires du numéro spécial : *Familles à l'épreuve de la guerre*, qu'il a disposés en évidence devant son kiosque, sous une réclame des chocolats Meunier. En couverture, on voit une veuve avec ses deux enfants et à ses côtés, les contours d'une silhouette vide. Une absence insupportable, comme une cible de champ de tir trouée de balles qu'on aurait plantée devant l'objectif, à bonne distance. Louise a fermé les yeux.

Ne pas voir la mort en face, ne pas ressembler à ces femmes. Les fuir, prendre ses jambes à son cou si

143

son corps veut bien se détendre. Porter des couleurs dès demain, lâcher ses cheveux et secouer la tête pour les faire se déployer. Ou les couper court, comme le font certaines. Et danser devant le miroir, sauter à pieds joints dans les flaques à la première averse, rire en écartant les bras, tourner et tourner, défier la guerre, les Allemands, les orphelins, les canons. Gommer les lignes du front sur les cartes, rayer les noms à faire peur, Barcy, Mont des singes, Duaumont. Oublier ces noms, ne plus jamais les prononcer. Ne pas lire les journaux, ne parler à personne. Manger, boire, dormir jusqu'à pas d'heure et prendre l'enfant dans les draps s'il pleure. Juste pour avoir la paix. Et rêver, rêver à un soldat qui rentre, qu'on a renvoyé chez lui parce que sa femme lui manquait et qu'il avait envie d'elle.

Depuis huit heures ce matin, balles, shrapnels de boches, marmites, obusiers et nous tous, tapis dans la tranchée. Alors tu vois, j'ai prié avec les autres, moi qui ne prie jamais. Ça m'est venu comme cela, sans réfléchir, ce n'était que la peur de mourir.

Pardon pour ces paroles, ma Louise, demain je t'écrirai une lettre plus gaie et plus courageuse. D'ailleurs le temps s'arrange, le soleil veut sortir des nuages, je l'aperçois.

Les rues de Rennes sont noyées dans le brouillard et les veuves avancent comme des fantômes noirs, on dirait qu'il n'y a plus que ces femmes qui marchent dans la ville et prennent des fiacres, des omnibus à leur aise, on dirait qu'on a vidé tous les quartiers pour les laisser vivre leur nouvelle vie.

La ville leur appartient, elle s'est pliée à elles, a convoqué le climat qui leur va, ce ciel glauque. Elle a brouillé ses lignes de fuite, caché ses immeubles les plus hauts sous une brume épaisse, réduit ses rues à un bout de trottoir. Louise se hâte de rentrer, à la fin elle prend l'enfant dans ses bras. Chez elle, elle se déshabille devant lui qui la regarde, un pouce dans la bouche. Elle ôte sa robe, son jupon, sa chemise, se met nue et ainsi il lui semble qu'elle peut lancer son défi, qu'elle ne sera jamais une veuve de guerre, une femme en noir, une horrible femme en noir toute ravagée de peine et de ce qu'il lui reste, qui s'appelle l'orgueil.

Je suis vivante dit-elle en défaisant son chignon et l'enfant laisse son pouce et rit, alors elle secoue ses cheveux, puis se penche et le prend dans ses bras, le soulève.

Je ne suis pas une bonne mère, n'est-ce pas ? Qu'est-ce que tu en penses, toi ? Est-ce que tu m'en veux ?

Tout à l'heure café froid avec les officiers, nous avons joué à la manille. On nous a servi un peu de porc, des pommes de terre.

L'ordinaire.

Le lieutenant était bien heureux, cet après-midi il l'a échappé belle, une torpille est tombée sur sa guitoune alors qu'il venait d'en sortir. Un miracle, tu ne crois pas ?

Finalement, c'est à croire que Dieu en protège quelques-uns.

La tranchée d'Etienne a été creusée sur le Chemin des Dames, Louise trouve que c'est un joli nom qui sent le parfum et ne va pas du tout avec cette guerre. Seulement d'en haut, depuis Laffaux jusque plus loin que Craonne, il y a ces rangées d'hommes comme des cafards de part et d'autre de la plaine et les avions dans le ciel, l'artillerie qui tonne. C'est grandiose car on voit la scène sur des kilomètres et c'est en même temps tragique, ça n'a rien à voir avec les filles du Roi, qui marchaient sur ce sentier pour aller au château de Bove. Plus rien à voir avec leurs robes à rubans, leurs conversations légères, leur complicité, leurs chamailleries. Il n'y a que le ciel qui essaie d'être le même -légèrement bleu, à peine terni par quelques nuées éparses.

Et sous ce ciel de comédie qui semble avoir oublié jusqu'au vent, Etienne n'est même pas blessé.

Partout des camarades morts, ma Louise chérie, je me demande comment je peux être encore là, dans cette hécatombe. Il paraît que Nivelle sera défait, pour avoir trompé ses hommes. Nous n'avons avancé que de 500 mètres, tu parles d'une offensive !

Mais je ne veux plus te dire un seul mot de cette guerre, ma Louise, je veux te parler de nous, de notre fils, comment va ce petit homme ? Mange-t-il bien ? Se tient-il bien droit ? Bientôt je rentrerai, je l'espère. Je ne vis que pour mon retour et toi, as-tu hâte de me revoir ?

Pardonne ces questions, ma femme aimée, elles m'aident à survivre dans ce chaos. Ce foutu trou de terre où je suis avec d'autres.

Le peintre est un être fragile et Jeanne n'a pas une âme d'infirmière. Alors elle tente de l'assagir, mais c'est peine perdue. Dans la chambre que leur a prêtée Zwborowski et qu'ils viennent de retrouver, on n'entend que lui qui tousse à se décrocher les poumons.

Laisse, l'art est immortel. Aussi je ne mourrai pas.

Modigliani offre un portrait photographique à Jeanne, il se trouve assis sur le rebord d'un balcon, une jambe fléchie, une cigarette à la main, on dirait le René de Chateaubriand la tête dans les nuages. *Levez-vous orages désirés.* Il n'a jamais été aussi magnifique.

Je suis Modi l'artiste Maudit, laisse-moi donc fumer et boire, laisse-moi te tromper avec toutes les femmes, qu'est-ce que ça peut te faire ?

Tu es si beau, tout le monde te trouve beau, même malade tu es beau, même mourant.

Je ne suis pas si malade, j'étais malade enfant, tu le sais ?

A quatorze ans, à Livourne, le peintre contracte la fièvre typhoïde, il frôle la mort durant des semaines, délire pendant un mois, dit tout à coup qu'il veut étudier la peinture. Dans ses divagations il parle des tableaux de Florence, il voulait prendre le train pour aller les voir et les décrocher tous mais l'a raté de quelques minutes, il courait comme un dératé pourtant et le cauchemar recommence, ce train qui arrive trop tôt, lui qui court en vain sur un quai désert. Il crie qu'il veut aller là-bas, qu'il veut voir tous les tableaux du Quattrocento.

Tout ce que tu veux mon amour, murmure sa mère qui caresse son front brûlant, et même un professeur de dessin pour toi. J'engagerai quelqu'un et tu feras l'artiste.

Quinze ans plus tard à Paris, Modigliani prend le métro, il titube, on le remarque et quand la rame arrive, c'est un orchestre au complet qui s'avance sur les rails avec des musiciens en frac noir, c'est un concert de cymbales ahurissant, on joue Mozart dans les sous-sols de la ville, mais pourquoi jouent-ils si fort en s'approchant ainsi de lui?

Bientôt ils me renverseront !

Il se bouche les oreilles, se penche vers la voie transformée en salle d'opéra, s'étonne, s'émerveille et éclate de rire, manque de tomber.

C'est le haschisch que tu as fumé avec les autres, pauvre peintre, tout à l'heure Picasso de son côté s'est pris pour l'inventeur de la photographie, il prétendait vouloir mourir après une découverte pareille, aussi extraordinaire. Vous avez tous trop fumé, vous êtes tous de pauvres fous.

J'aime le haschisch, mais je préfère l'alcool.

Toi, tu n'es pas comme les autres et il faut que tu vives longtemps. Tu es l'âme de l'Italie, tu es l'élégance toscane. Toi, tu es notre fabuleux aristocrate. Mais tu pues le vin, pauvre Italien.

Dans l'atelier, Modigliani peint une belle chocolatière un peu étonnée, une servante à l'air triste, une femme rousse avec une frange, une Antonia en robe noire fermée par une broche dorée, une Victoria, une Margherita en robe beige, un coude posé sur le montant de la chaise. Toutes ces femmes viennent poser pour lui qui les peint vite, assez vite pour qu'elles ne se lassent pas, qu'elles aient envie de revenir. Il aime encore Béatrice Hastings, qui s'en va à la fin avec son chapeau d'Anglaise, parce qu'ils se disputent trop, que c'est invivable. Deux fous furieux.

Mais qui est cet homme avec elle ?

Son nouvel amant. Un sculpteur milanais et calme-toi. Vous n'êtes plus ensemble, non ?

Devant la Rotonde, au milieu des toiles exposées ce jour-là sur un trottoir, un peintre très beau et très en colère allume sa énième cigarette. La femme qui l'observe de loin avait un œil blanc, un œil noir et il avait écrit son prénom sur la toile : BEATRICE. Il l'aimait encore un peu, regrettait son parfum, ses comédies et ses caprices, ses chapeaux invraisemblables.

Il est jaloux comme un Italien.

Contrairement au peintre, Etienne le Bonniec avait une santé de fer et une vie bien réglée. On disait de lui, avant la guerre, qu'il était bon vivant, un peu coureur à ses heures, pour le panache. Il trompa Louise une première fois au début de leur mariage et le regretta. Elle fit semblant de ne pas s'en apercevoir. Mais sa première crise se produisit peu de temps après, elle fut surprise par les coups portés à sa poitrine, par cette violence en elle. Elle crut que ses veines éclateraient, posa une main sur son cou pour le protéger.

Mon cœur qui s'emballe et toi qui ne m'aimes pas assez, pas à la folie.

Tu exagères. Et puis j'ai déjà oublié cette femme.

Mais la guerre changea Etienne, parce qu'elle s'en prit à lui comme à des millions de soldats. Le plongea dans la terre et l'enferma dans un monde sans appétits, fit ruisseler ses eaux de pluie sur lui, fabriqua une boue définitive. Démobilisé au Printemps 1918, Etienne poussa la porte de l'appartement de Rennes comme on défonce un mur et avec lui, entrèrent tous les bruits qui avaient hanté ses jours et ses nuits. Une mitraille envahit les pièces, se cogna aux murs, s'y écrasa des mois durant. Etienne avançait à pas lents dans l'appartement en traînant des pieds, ses gestes semblaient être dirigés désormais par des mouvements aléatoires, on ne pouvait jamais savoir ce qu'il allait faire.

Prendre un verre d'eau

Casser le verre

Ou le brandir en l'air comme on brandit un drapeau.

Dessiner quelque chose d'un doigt sur la buée d'une vitre, un oiseau, une croix.

Ouvrir une bouteille de vin, se servir.

Cracher. Tousser la tête en arrière, s'ébrouer, se tordre les mains.

Cacher ses mains dans ses poches. Chanter un couplet, parfois.

On n'avait souvent que du café froid, tu comprends ? Est-ce que mon fils boit suffisamment ? Est-ce que tu lui as appris toutes les bonnes manières ? Il me semble, à le voir, qu'il ne…

Souvent Etienne ne finissait pas ses phrases.

Mais je t'aime tant, je vous aime tant tous les deux, tu vois je…cet amour qui m'a tenu en…

Je suis resté en vie grâce à vous deux. De cela je suis… de cela je suis sûr.

Seulement vivre n'est pas rêver et Louise n'est plus celle qu'il voyait se dessiner au bout de son crayon, quand il lui écrivait au fond de la tranchée, le dos appuyé à la paroi toujours trempée. Elle ne ressemble plus tout à fait à la femme qu'il serrait dans ses bras lors de ses permissions. Il a beau l'observer, il ne retrouve plus la silhouette, le grain de peau quand il l'effleure, le regard. Tout ce qui l'a hanté des heures durant, lui a fait oublier la guerre.

Elle a changé, paraît plus raide, plus lointaine, prête à disparaître derrière toutes les portes. Beaucoup de femmes ont changé en l'absence des hommes.

Tu as coupé tes cheveux…

Je n'avais plus le temps.

Et qu'est-ce que c'est que cette robe ?

Les femmes s'habillent ainsi, à présent. Ouvre les yeux, mon pauvre amour. Et dépêche-toi, tu vas être en retard. Je peux t'accompagner au magasin, pour te donner du courage.

Du courage j'en ai, qu'est-ce que tu racontes ?

Etienne reprit son emploi aux établissements L. Valton, où on le félicita. On le plaignit, il répondit qu'il n'était pas le plus à plaindre, que d'autres étaient morts et que lui était vivant. Et même pas blessé. Tout juste sourd d'une oreille, à cause des obus.

Mais l'autre oreille entend parfaitement, ça ne me gêne pas pour travailler !

Etienne se remit à la tâche avec la même énergie qu'avant la guerre mais quand il rentrait, il s'enfermait dans la chambre.

Un repli, je sais.

J'en ai besoin, laisse-moi.

Le monde est trop grand.

Dans les tranchées j'étais…

Parfois on était au chaud.

Et puis non, viens ma Louise. Ne m'écoute pas.

Une nuit, il la réveilla et la prit comme il le faisait avant, mais plus violemment et il lui fit mal. Louise le laissa faire, elle pensa à des choses en attendant qu'il se calme.

Une liste de courses

Des linges à repriser

Les cheveux de l'enfant, qu'il lui faudrait couper pour qu'il ne ressemble pas à une fille.

Comme un gros oiseau de malheur pas du tout annoncé et pas du tout prévisible, l'indifférence de Louise était entrée dans l'appartement en même temps que les désordres d'Etienne et avait immédiatement déployé ses ailes pour prendre possession des lieux, envoyant l'amour et le désir se faire voir ailleurs. Le jour de l'accident de son mari, l'oiseau qui n'était pas invité et absolument pas prévu se posa sur l'épaule de Louise, les serres écartées afin de s'assurer une bonne prise. Il y resta.

Elle ne hurla pas devant le corps à jamais immobile d'Etienne, ne pleura pas, ne connut pas l'effondrement attendu. Elle se tint droite sous le poids de l'oiseau, aussi droite qu'un tronc d'arbre, qu'un pieu planté dans le sol. On mit cette raideur sur le compte du choc, on attendit une explosion de douleur, des cris à retardement.

Quant à la Mort elle-même, elle s'installa aussitôt dans la vie de la veuve comme elle l'avait fait tant de fois pour d'autres et s'y sentit tout de suite chez elle, prête à quelques manifestations ostentatoires.

Elle étala le jour-même ses voiles noirs sur les meubles, ferma à demi les volets, fit baisser les voix, déploya le grand cinéma du deuil.

Alors Louise se sentit piégée.

C'est une phrase qui déclenche tout, car parfois les mots sont meurtriers. Juste une phrase prononcée par un témoin sur le lieu de l'accident, avec autour de cette phrase l'omnibus immobilisé au milieu de la rue, le corps d'Etienne sur la chaussée -pas abîmé, Louise s'étonne.

Etienne devait penser à autre chose, peut-être est-ce à cause de son oreille qui n'entend plus, peut-être se croyait-il encore en face des Allemands, protégé par un monticule de terre garni de tas de sable et de fils de fer. A l'abri dans la tranchée du Paradis. Peut-être le ciel ressemblait-il ce jour-là à celui de la Picardie, peut-être se croyait-il immortel à présent qu'il était rentré indemne. Un délire de soldat revenu de la guerre. Le conducteur du fiacre dit qu'il l'a vu arriver devant lui comme une bête sortie d'un fourré, qu'il n'a eu le temps de rien, que ce n'est pas Dieu possible la vie, dans cette satanée ville où les hommes ne tournent plus rond.

—Non, pas Dieu possible la vie.

Mais ce n'est pas la phrase, ce n'est pas celle-là. La phrase est -et Louise l'entend distinctement, à vrai dire elle n'entend qu'elle, autour d'elle les autres voix disparaissent pour la laisser s'épanouir dans l'air, combien de mots contient cette phrase, Louise ? Combien de mots pour te faire bientôt sauter par la fenêtre ?

158

—Voilà *la veuve* qui arrive avec son garçon, dit la phrase.

Alors une nuée noire en grand deuil s'avance vers Louise, la cohorte des veuves envahit la chaussée en un froissement d'étoffes insupportable et lui crache au visage qu'elle fait partie des leurs, enfin et ce n'est pas trop tôt, depuis le temps que ça couve, cette histoire. D'ailleurs si l'on veut bien considérer que l'accident d'Etienne est dû en grande partie à quelques troubles mentaux consécutifs à la guerre - ils reviennent tous un peu zinzins dit-on, alors elle pourra bénéficier d'une pension de 563 francs, en vertu de la Loi de finances du 25 Mars 1817, une vieille loi qui a déjà pas mal servi. Elle pourra aussi poser pour un photographe avec son fils, vêtu d'une robe blanche de fille. Le photographe fera monter l'enfant sur une chaise, pour qu'il soit à la hauteur du héros. Elle, aura relevé ses cheveux, mais il lui faudra des pinces en grand nombre pour les faire tenir, à présent ils sont un peu courts pour ce genre de coiffure de veuve.

Familles à l'épreuve de la guerre. Familles amputées, rendues bancales. Familles avec un vide, un trou, un absent.

Nous ne sommes pas une famille ! Et la guerre n'a jamais existé !

Je ne suis pas une veuve, qu'est-ce qui vous prend ? Je suis Louise, Louise le Bonniec. J'aurai trente ans demain et mon cœur ne cesse de battre la chamade, a-t-on déjà vu une veuve de guerre avec un tambour dans la poitrine ?

Vous voyez bien. Alors taisez-vous. Laissez-moi tranquille et enlevez ce corps au milieu de la rue, il saigne.

Louise le Bonniec et Jeanne Hebuterne moururent au même moment, à quelques fractions de secondes près, guère quantifiables. Elles se tuèrent de la même façon, le même jour et pour des raisons finalement peu différentes. Jeanne portait encore ses longues tresses qui épataient ceux qui la rencontraient.

Ses cheveux de vierge, de Madone.

Cinq étages pour Jeanne, quatre pour Louise, une ville plongée dans sa nuit d'hiver. Un étonnement. Le même bruit.

Mais il y a autre chose. Il existe deux autres coïncidences.

La première est un portrait peint par Modigliani fin 1919, quelques semaines avant sa mort et l'accident d'Etienne. On y reconnaît Louise -en tout cas une femme qui lui ressemble. Elle a coupé ses cheveux elle-même à coups de ciseaux maladroits, la coiffure est sévère et elle s'en moque. Elle a perdu toute coquetterie, tout désir de plaire, elle qui n'a jamais été bien sûre de sa beauté.

Sur le tableau, Louise porte une robe noire qu'on pourrait prendre pour une tenue de deuil, si l'on n'y avait pas ajouté une encolure rose, signe persistant d'insouciance en dépit du lourd châle gris qui couvre les épaules et une partie du corps. Ses joues sont colorées un ton trop haut, mais sans doute est-ce à cause du froid qui règne dans l'atelier où elle pose. Et sur ses genoux, elle tient son enfant qu'elle a supplié de rester tranquille. Le petit garçon est habillé en fille, comme c'est encore l'usage à l'époque, il porte un bonnet, un chandail bleu et il regarde on ne sait quoi à l'extérieur du tableau, un oiseau qui passe derrière la fenêtre, une branche qui bouge. Un rien le distrait, c'est un enfant. Louise, elle, regarde le peintre. Depuis un temps qui semble infini, pendules arrêtées, lumière inchangée, elle le regarde ainsi comme on contemple un mur vide et c'est impressionnant, ce sentiment d'obstination à ne rien laisser transparaître, cette absence de pensée comme définitivement installée. Le bras de Louise est énorme, on peut supposer que le peintre a été surpris par la stature de son modèle quand elle est entrée dans l'atelier. On imagine qu'il a voulu restituer cet étonnement face à une présence aussi massive et qui remplissait l'espace. La dimension du tableau s'est alors imposée à lui. La main qui retient l'enfant est tout aussi grande, déformée par le même regard étonné de l'artiste. La silhouette est volumineuse et raide, le visage plutôt ingrat. Un visage de femme pas commode.

Qu'as-tu Louise ? Est-ce le retour de ton soldat ou le poids de ton enfant ? Qu'as-tu à faire une tête pareille ? Seule ta bouche est encore jolie, il faudrait en parler au cordonnier qui a retrouvé son échoppe à la fin des combats, trop content d'être vivant, de retrouver ses outils, l'odeur du cuir, ses gestes. Lui dire que tu as gardé cette chose-là qu'il semblait apprécier, tes lèvres si bien dessinées. Il faudrait montrer à cet homme que la guerre n'a pas pu t'enlever le souvenir des baisers, parce qu'elle n'a pas pu tout détruire. Alors il arrêterait un instant sa machine, regarderait ton portrait aussi sérieusement qu'il a coutume de le faire pour un talon usé ou une déchirure dans le cuir.

—Je ne comprends pas grand-chose à la peinture, dirait-il en s'approchant très près de la toile. Mais je dois dire qu'elle vous ressemble, Louise.

Un jour on dira que ce tableau est un chef d'œuvre, l'une des deux seules maternités du peintre, qui ne paraît pas trop aimer le sujet. Une prouesse d'équilibre pour l'une de ses dernières créations, avec ce silence épouvantable, rendu palpable par le pinceau fatigué de l'artiste. Alors qu'en est-il du cœur de Louise, dans cette scène sans amour ? Il s'est caché à l'intérieur du corsage noir et il est sûr qu'il bat depuis un moment comme il sait le faire, à coups violents qui feraient vaciller le tableau, si on le posait sur un chevalet.

— Voilà que ça recommence, a-t-elle pensé et elle a porté une main à son cou.

D'ailleurs certains jours – pas tout le temps- si l'on s'approche de très près, on peut percevoir comme une agitation de la toile sous la cimaise, un charivari secret méconnu du public, mais qui pour l'instant ne dérange pas la contemplation de l'enfant, accoutumé à ces coups de semonce.

Et que fais-tu là Louise, dans ce quartier de Montparnasse que tu ne connais pas ? Tu auras pris le train de bonne heure en abandonnant ton soldat, sans rien emporter d'autre que de la nourriture pour l'enfant, quelques vêtements et un jouet, peut-être ? Une toupie, une boîte à musique, une marionnette. Tu auras eu l'idée de fuir ta ville plongée dans le brouillard, ton époux un peu perdu dans l'appartement et de mener la grande vie pour trois jours, juste trois petits jours ? Tu voulais visiter Paris, échapper aux veuves de ton quartier ? Mais il y en a partout ici aussi et elles ont la même démarche, portent les mêmes voiles. Elles ont reçu leur pension ou attendent encore une décision du ministère, les gens évitent leur regard et pressent le pas quand ils les croisent, ils ne veulent plus entendre parler du malheur, la guerre est finie, l'Allemagne devra payer 132 milliards de marks, elle rend l'Alsace et la Lorraine. On répare comme on

164

le peut les visages cabossés, on recoud, on comble les trous dans les chairs et dans les os, le défilé de la Victoire passe sous l'Arc de Triomphe, une multitude de petits drapeaux colore Paris.

Et ces femmes marchent sur les trottoirs, les unes derrière les autres, on dirait qu'elles glissent.

Sur le tableau beaucoup plus grand que la moyenne et qui a longtemps appartenu au collectionneur Roger Dutilleul, une femme qu'on croirait Louise le Bonniec, presque trente ans, regarde le peintre. Ses yeux sont très bleus et trop petits pour qu'on puisse y déceler autre chose qu'une énorme lassitude. Ou une indifférence ou quelque chose de pire encore. On ne s'y perdra pas, on n'ira pas s'y inventer des choses, ce sont deux lacs gelés. Le modèle pose depuis trois heures dans l'atelier, elle n'imaginait pas que la séance lui paraîtrait si longue, le peintre a la réputation de travailler vite. Son enfant est devenu de plus en plus lourd sur ses genoux, de temps en temps elle l'a laissé jouer dans l'atelier puis l'a repris avec elle. Elle aimerait tout à coup le déposer dans les bras du peintre, lui dire voilà, puisqu'il vous intéresse gardez le, moi il m'embarrasse. Tout m'embarrasse à présent, ma vie, les miens. Ainsi elle quitterait l'atelier et s'en irait seule, remonterait le boulevard et chercherait un hôtel où dormir. Au lendemain elle reprendrait le train dans l'autre sens, protégée par son châle en laine épaisse, qu'elle enroulerait autour de son corps comme font les femmes chez elle. Elle rentrerait directement, sans faire le moindre détour, sans lever les yeux vers les plus hauts bâtiments de la ville, et retrouverait son mari déjà endormi, le corps recroquevillé sous la couverture en souvenir des nuits dans les tranchées.

Oh Etienne si tu savais. Mais je serais bien injuste de me plaindre, diras-tu.

Posé contre le mur d'une chambre chez Dutilleul, le tableau se distinguait des autres achats que le collectionneur avait faits à la galerie Kanhweiller, dont il avait été le premier client -plus grande, plus hiératique, finalement plus violente, la toile attire l'œil et met mal à l'aise. On crie au génie, on parle de l'influence de Picasso, d'une symphonie de couleurs, le bleu, le vert, de quelque chose de monumental, on pense à une caryatide, à une vierge sculptée. N'empêche que cette femme, là, n'aime pas son enfant. Ou l'aime mal. Et oui, elle ressemble bien à Louise, qui alla s'asseoir un matin, pour une raison restée inconnue -on ne peut pas tout savoir- dans l'un des wagons bruyants et sales du train reliant la gare de Rennes à celle de

Montparnasse. L'enfant joua un moment, s'agita puis s'endormit, bercé par le roulis du train et Louise put s'absorber des heures durant dans le défilé des paysages à présent surgis du brouillard, guettant un champ, un animal, peut-être gênée par l'imminence d'une nouvelle crise, d'un cœur prêt à battre à l'unisson du vacarme de la machine.

Bruit de traction, battements à tout rompre, que fais-tu là, Louise, devant ce paysage qui défile ? Dans huit heures tu seras à Paris et il fera nuit.

De ce qu'elle fit ensuite, des personnes qu'elle croisa ou rencontra, personne ne peut en parler, il y a tant de monde dans cette ville. Elle portait en tout cas, ce jour-là, une robe de toile noire sans forme, un châle pour se protéger du froid, un grand sac. Peut-être avait-elle cousu une fantaisie à l'encolure de la robe en prévision de ce voyage, ce n'est pas certain.

Louise aimait les couleurs fades. Le vert d'eau, le parme, le mauve, le rose, le beige. Mais elle détestait les fioritures, qui d'ailleurs ne lui allaient pas.

De son retour avec l'enfant, on sait aussi qu'il se fit dans les mêmes conditions, trois jours plus tard. Que la ville était quasi déserte à l'arrivée du train et de nouveau envahie par le brouillard jusque vers les rives de la Vilaine, qu'une vieille voiture à cheval attendait on ne sait qui sous la grosse horloge. Qu'elle dut presser le pas pour rejoindre l'arrêt du tramway, les pieds glacés, son fils endormi dans ses bras, si lourd à porter qu'elle dut s'arrêter plusieurs fois.

Sur l'Avenue de la gare, elle croisa les hommes d'un régiment, qui marchaient par d'eux et l'un d'eux la héla. Elle fit semblant de ne pas entendre, puis tout-le tramway, les soldats en uniforme, Louise et son enfant- disparut dans la brume qui recouvrait la ville.

La seconde coïncidence date du mois de septembre 1964. Elle concerne Jeanne Modigliani, fille d'Amedeo Modigliani et de Jeanne Hebuterne, et André le Bonniec, fils d'Etienne et Louise Le Bonniec. Tous deux sont orphelins. Jeanne est née en 1918, André deux ans plus tôt. Jeanne a grandi à Livourne dans la famille de son père, elle ne parle pas le Français et a écrit un livre sur la vie de Modigliani, André est resté longtemps en Bretagne. Il a eu droit au statut de Pupille de la Nation et a été envoyé comme pensionnaire à St Brieuc. Il parle rarement de ses années de pensionnat, qui n'ont pas dû être heureuses.

On était pauvres, de pauvres orphelins, des gosses qui n'avaient pas eu de chance.

Oui mais maintenant, André.

Maintenant quoi ? Vous pensez que je roule sur l'or ?

A sa majorité, le fils de Louise a pris le train pour Montparnasse comme avait dû le faire sa mère, mais les chemins de fer avaient fait des progrès. A Paris, il a contemplé un moment le boulevard depuis la terrasse de la gare, accoudé à la balustrade. Des femmes élégantes marchaient sur les trottoirs, des enfants chahutaient à côté de lui, il a aimé cette impression de liberté, cette vie bruyante. Il a facilement trouvé un emploi dans une brasserie réputée de la Capitale qui serait un jour -un jour pas si éloigné- un rendez-vous de soldats allemands. Il est toujours garçon de café, dit qu'il ne sait faire que ça, servir les gens et leur parler de tout, de la vie comme elle va. Que sinon il n'est bon à rien, surtout pas à épouser une femme, il ferait un mauvais mari. Il ajoute qu'à part ça il a de bonnes jambes et plutôt un bon caractère, deux qualités essentielles dans son métier. Il porte pendant son service un long tablier blanc noué à la taille, qui attire l'œil des touristes. Il a le verbe haut et la plaisanterie facile.

Tout son père.

Parfois, quand le temps l'y incite -un rayon de soleil qui s'attarde, une certaine douceur dans l'air de la Capitale- il se tient devant les tables en terrasse, les mains derrière le dos, le ventre en avant et il regarde on ne sait quoi. Ses souvenirs, peut-être ou une jolie femme qui passe.

A ton âge, André, il faudrait te calmer. Tu te fais vieux pour les filles.

Le cœur n'a pas d'âge et mes yeux y voient clair.

C'est au cours de l'un de ces moments de pause, à la fin du second service, que Jeanne Modigliani de père officiellement inconnu apparaît devant lui. Elle parle à un homme qui l'accompagne, en appuyant ses mots de grands gestes des mains. Tous deux marchent lentement, visiblement absorbés par leur discussion, oublieux du monde qui les entoure. André reconnaît la langue, c'est de l'italien et il s'amuse à saisir au passage un mot prononcé par Jeanne : *probabilmente*
Elle s'est penchée vers l'homme, à le toucher. Sa voix est grave, légèrement cassée.
L'Italien ressemble décidément au Français, se dit André. Et qu'y a-t-il de si probable pour que cette femme prononce ce mot ?
Probabilmente

Elle apprécie probablement l'homme qui marche à ses côtés, est probablement charmée, probablement déjà amoureuse.

Couchera probablement avec lui, s'il insiste et sera plutôt flattée par cette insistance.

Restera probablement un jour de plus à Paris avec lui.

Sera probablement heureuse de découvrir Paris, la Seine, le Louvre, l'Arc de Triomphe. Autre chose que Montparnasse, le fameux quartier de son père. Ça la changera.

Trouvera probablement leur chambre d'hôtel confortable, un rien sombre à cause des arbres du Boulevard. Infiniment romantique en tout cas. Paris sera toujours Paris !

Jeanne a les cheveux coupés court, elle porte une jupe grise et un chemisier couleur crème dont elle n'a défait que le premier bouton, elle n'est pas jolie, les chiens font des chats. A l'observer de plus près on la croirait plus vieille qu'elle ne l'est, hors d'usage, définitivement rangée.

Vous n'aurez probablement pas envie de coucher avec moi, tout compte fait.

Elle ne ressemble pas à toutes les femmes qu'André se plait à contempler depuis son observatoire.

Mais le couple s'éloignera bientôt car les choses s'en vont ainsi, les destins de croisent, se frôlent et s'ignorent les uns les autres.

Il faudrait arrêter le temps, saisir l'image et remettre le son. Leur dire attendez, c'est incroyable que vous vous retrouviez ainsi tous les deux, l'un en face de l'autre, parce que justement vos parents, dans cette histoire…

Jeanne remarque André en passant, l'œil sans doute attiré par le long tablier blanc, une tache dans son champ de vision. Ou par la posture. Une vision fugitive, qui ne s'inscrira pas longtemps dans sa mémoire. Pas le temps, trop de personnes à rencontrer pour la promotion de son livre, trop de curiosité à satisfaire. Les conservateurs, les chercheurs du CNRS.

Je n'ai pas connu Modigliani, comme vous le savez. C'est-à-dire que je n'ai aucun souvenir de lui.

Mais ma tante m'a raconté des choses, bien sûr et je possède des documents précieux. Savez-vous qu'il a plu une semaine entière quand il est allé peindre en Normandie ?

Je suis la fille du peintre, la fille de Modi l'artiste maudit. Montrez-moi cette toile dont on parle, je vous dirai s'il s'agit d'un faux ou si le Louvre a bien fait de l'acheter. Je ne peux pas me tromper, mon sang est le sien, on dit même que par moments je lui ressemble.

Je suis Jeanne, la fille de Jeanne qui a sauté par la fenêtre.

172

Mais nous allons être en retard, qu'en dites-vous ? Oui, nous sommes probablement en retard

Probabilmente

Siamo in retardo, dit une voix dans la cacophonie d'un boulevard parisien.

C'est de cela que le couple parle, de ce rendez-vous qui les a conduits dans ce quartier de Paris, de cette obligation de ne pas faire attendre un conservateur, un collectionneur, un historien d'art, un chercheur. Mais ils se sont un peu perdus tous les deux, ont fini par retrouver leur chemin. Cette ville est fatigante et tous les boulevards se ressemblent, toutes les rues, toutes les façades. Il leur faudrait à présent demander l'heure à un passant ou à ce garçon de café qui les regarde, debout devant les tables en terrasse. Qui consulte alors sa montre, leur dit qu'il est presque quinze heures. Il a l'habitude qu'on lui pose ce genre de questions, quelle heure est-il, où se trouve la tour Eiffel, où est l'entrée du métro, où peut-on trouver des cigarettes ? Répondre aux gens qui passent fait partie de son métier, du moins c'est ainsi qu'il voit les choses.

L'homme qui accompagne Jeanne le remercie d'un signe de tête. Il est peu bavard de toute façon, plutôt distant. C'est ce qui a attiré la fille du peintre, quand elle l'a rencontré. Cet air de vouloir rester dans sa tour d'ivoire.

Grazie mille, dit la voix de Jeanne.

Cela se passe dans le quartier de l'Opéra, où l'on vient d'inaugurer le nouveau plafond, qui ne plaît pas à tout le monde. André a oublié le nom du peintre. En regagnant l'intérieur de la brasserie, il s'est dit qu'il apprendrait bien l'Italien un jour ou l'autre, dès qu'il aurait le temps, parce que c'est une jolie langue. Et qu'il y a eu de sacrés artistes, dans ce pays. Mais que contrairement à la légende, les Italiennes ne sont pas forcément les plus belles femmes du monde.

Au lendemain de la mort accidentelle de son époux, Louise le Bonniec, trente ans ce jour-là, sauta du quatrième étage de l'immeuble qu'elle occupait au 10, avenue Jules Ferry à Rennes. Il était deux heures du matin.

Deux heures du matin et quelques poussières.

Il pleuvait encore un peu, après des jours de déluge, des épisodes d'inondations.

Dans l'appartement, la fenêtre du salon resta ouverte un long moment, personne ne pensa à la refermer, ni la police ni les voisins. Mais on réveilla l'enfant qui dormait à poings fermés dans la chambre et on l'emporta chez la mère de Louise, abrité du froid encore humide dans une couverture. Au lendemain de la mort de sa mère, Jeanne Modigliani fut envoyée chez sa tante paternelle, à Livourne. Ses grands-parents maternels ne voulaient plus entendre parler du Juif qui avait fait mourir leur fille. Dans le petit port de Toscane, près du quartier des canaux que les gens comparent à une petite Venise, elle apprit l'Italien. Elle resta vivre dans cette ville et fit néanmoins plusieurs séjours à Paris, trop fière d'être la fille d'un génie. On lui demanda de certifier l'authenticité de plusieurs tableaux, pour deux d'entre eux elle se trompa.

« Et vous pensez que les gens croiront à l'existence de ces personnages ? Qu'ils iront un jour revoir les tableaux, s'attarderont devant les toiles dans l'idée d'en apercevoir quelques traces?

— *S'ils restent là trop longtemps à ne pas bouger, ils gêneront les autres visiteurs, c'est sûr. Et alors un gardien arrivera, forcément. J'ignore qui est aujourd'hui responsable de la salle des Etats, par exemple. Son nom doit être inscrit dans un registre quelconque, il faudrait monter dans les bureaux, questionner. Le nom de Bertrand Monnier doit figurer quelque part lui aussi, comme celui de Damien Doffe -ou Doft, je ne sais plus. Il doit être possible de se renseigner. Mais ce n'est pas si intéressant.*

— *Et Emi ?*

— *La yogurt Factory existe toujours, vous pourrez y aller et interroger les vendeurs, si ça vous chante. Le plus âgé se souvient d'elle, c'est une chance. D'après lui, Emi serait retournée au Japon quelques mois après cette histoire. Vous remarquerez, au moment où cet homme vous parlera, qu'il sent fort le tabac. Il doit beaucoup fumer et c'est sûrement une mauvaise idée, une odeur pareille dans un magasin de gaufres.*

— *En ce qui concerne Louise, vous n'allez pas me dire aussi…*

— *Il existe une tombe, dans l'un des cimetières de Rennes - le cimetière Nord. Elle paraît abandonnée, peu entretenue en tout cas et l'on jurerait que personne n'est jamais venu la fleurir. On peut y lire l'inscription : Louise le Bonniec,*

1890-1920. Peut-être s'agit-il de ma Louise. Les dates collent, le nom, il faudrait pouvoir interroger les morts, se pencher et poser la question. Sinon, les établissements Valton où travaillait Etienne, rue d'Antrain, ont été détruits dans les années 60. Aujourd'hui c'est un Daily Market. Allez retrouver des traces, après ça. Et puis en ce qui me concerne, je ne suis retournée en Bretagne qu'une fois ces dernières années, pour aller regarder les rochers qui plongent dans la mer, cette bataille de l'eau et du granit. Je ne suis pas restée longtemps, j'avais l'esprit ailleurs.

Bien loin de mes histoires, de mes personnages.

Il faut dire aussi que le vent, là-bas, peut couvrir tout murmure, toute parole confuse et disperser les images les plus fragiles, les envoyer très loin. Il balaye tout, vous savez. Sans doute les aura-t-il effacés, les uns après les autres

— C'est bien dommage, vous ne pensez pas ?

— Il restera toujours quelque chose. Un serveur en tablier blanc dans une brasserie parisienne, qui fera penser à André. On lui commandera une assiette froide et il aura un drôle de sourire. Ou la silhouette particulière d'un gardien de musée, tenez. Une veste trop grande pour lui, un empaquetage du corps le long d'un couloir. Allez-y, entrez au Louvre et montez au premier étage, pour voir. »

Notes

En ce qui concerne la première nouvelle, il me faut rappeler ces lignes, écrites par Léonard de Vinci dans le Codex Leicester : « Sa chair est le sol, ses os sont les strates successives de roches qui forment les montagnes, ses cartilages sont le roc poreux, son sang, les veines de l'eau ».

Le sfumato, la grande obsession de Léonard de Vinci, est un effet de flou sur un tableau, obtenu par une superposition de glacis.

Le bubble waffle est une gaufre inversée (gaufre à bulles)

**

Les fragments de lettres dans la seconde nouvelle sont librement inspirés

- de la correspondance entre Modigliani et le collectionneur Léopold Zborowski, durant le séjour du peintre à Nice en 1918.
- des lettres écrites par Paul Cocho (Mes carnets de guerre et de prisonnier, 1914-1919

L'épisode des soldats fusillés est inspiré de faits réels (voir par exemple: *Les deux premiers fusillés pour l'exemple des mutineries de 1917*, de René-Louis Brunet et Emile Buat)

PS **Je tiens à remercier du fond du cœur Mélanie et Anne (elles se reconnaîtront) qui ont bien voulu lire la première de ces histoires -et m'ont encouragée par leurs remarques, comme d'habitude.**

Je remercie aussi, bien sûr, l'homme que j'aime. Il lit tous mes manuscrits et me donne chaque fois son avis, pour le meilleur et pour le pire.